D1143188

Over de MZZLmeiden verschenen:

Marion van de Coolwijk

MZZL meiden verliefd

De Fontein

www.uitgeverijdefontein.nl
www.marionvandecoolwijk.nl

© 2007 Marion van de Coolwijk
Voor deze uitgave:
© 2007 Uitgeverij De Fontein, Baarn
Omslagafbeelding: Peter van Duuren
Omslagontwerp: Edd, Amsterdam
Grafische verzorging: Text & Image

ISBN 978 90 261 1153 2
NUR 284

Zussen apart

'Ik wil naar huis!' Joan kneep in het plastic bekertje waar nog een restje bier in zat en smeet het in de prullenbak. 'Nu!'

Haar gezicht stond op onweer. De dreunende dansmuziek irriteerde haar, de laserlichten die heen en weer flitsten maakten haar gek en de deinende, hossende menigte kwam op haar af alsof het een horde wilde Afrikaanse olifanten betrof. Ze had hier niets meer te zoeken en wilde zo snel mogelijk weg uit deze drukte.

Joan wachtte het antwoord van haar vriendin Tessa niet af en draaide zich om. 'Je zoekt het maar uit,' mompelde ze, terwijl ze zich in de richting van de kapstokken wurmde.

'Joan! Hé... wacht op mij!'

Tessa, die de boze ondertoon in Joans stem wel degelijk had opgemerkt, liet de jongen met wie ze danste los en baande zich een weg door de menigte op de dansvloer.

'Joan!'

Joan had haar jas al aangetrokken en perste haar lippen op elkaar. Zonder om te kijken, liep ze de trap af. Achter zich hoorde ze haar vriendin roepen, maar ze reageerde niet. Wat dacht Tessa wel? Dat ze haar, Joan van den Meulendijck, voor joker kon zetten?

Joan balde haar vuisten en haastte zich naar de uitgang.

'Joan, wacht nou even.' Tessa's stem klonk hijgend. 'Het spijt me.'

Joan bleef met een ruk staan en draaide zich om. Haar ogen schoten vuur. 'Wat spijt je?' riep ze met overslaande stem. 'Dat je mijn vriendin bent?'

Tessa's gezicht verstrakte.

'Of dat je Emil van me afpakt?' ging Joan verder.

'Ik pak helemaal niemand van je af,' verdedigde Tessa zich. 'Emil kwam zelf...'

'Ja, ja,' schreeuwde Joan. 'Nu ga je beweren dat je er niets aan kon doen?'

'Nee, ik...'

'Je wist dat ik Emil leuk vond,' tierde Joan.

'Ja, maar...'

'Je zoende met hem!'

'Jawel, maar...'

'Zoiets doe je toch niet?'

'Nee, maar...'

'Ja maar, ja maar, nee maar! Wat sta je daar nou te ploppen als een goudvis? Zeg iets zinnigs of zeg niets!'

Tessa hapte naar adem. 'Dat probeer ik al de hele tijd. Als je me de kans geeft, dan...'

'Ik wil het niet eens horen,' zei Joan en haar stem klonk teleurgesteld.

'Joan,' probeerde Tessa nogmaals. 'Luister... Emil kwam naar mij toe. Hij wilde met mij dansen. Niet andersom. Ik heb echt mijn best gedaan, maar hij bleef maar achter me aan komen. Echt, je moet me geloven.'

Joan glimlachte vermoeid. 'De vorige keer, toen hij ons zijn mobiele nummer gaf en vroeg of we er vanavond zouden zijn, deed je heel afstandelijk. Je vond hem niet eens leuk.'

'Dat heb ik nooit gezegd,' antwoordde Tessa. 'Jij zei dat jij hem leuk vond en toen zei ik dat je hem mocht hebben.'

Joan keek verbaasd op. 'Is dat niet hetzelfde dan?'

'Nee, Joan,' zei Tessa, die haar rug rechtte. 'Dat is niet hetzelfde. Natuurlijk vind ik Emil leuk. Hij is knap, grappig, lief, hij kan goed dansen... ik heb ook ogen in mijn kop, hoor!'

'Waarom zei je dat dan niet?'

'Gewoon... zelfbescherming, denk ik. Ik weet heus wel dat als jij achter een jongen aan gaat, ik geen schijn van kans maak. Emil is fan van The Jeans. Toen hij hoorde dat jij de dochter van Parrot was, hing hij aan je lippen.'

Tessa zuchtte en ging op fluistertoon verder. 'Weet je, Joan... jij kunt alle jongens krijgen die je wilt. Je hoeft maar met je vingers te knippen en ze doen wat je zegt. Denk je nu echt dat ik die strijd aanga? Dus toen Emil niet op jouw geflirt reageerde, maar naar mij toekwam, was ik helemaal in de war. Ik deed in eerste instantie ook helemaal niet zo vriendelijk tegen hem. Maar hij bleef aandringen, bood me drankjes aan, vroeg of ik wilde dansen... Echt, je moet me geloven, ik heb niets uitgelokt. En die zoen...' Tessa wachtte even en overdacht haar woorden. 'Emil zoende mij en ja, ik zoende terug. Is dat zo gek? Hij wil mij, Joan. Accepteer dat nu gewoon. Gun mij ook eens een leuke jongen. We zijn toch vriendinnen?'

Joan schudde haar hoofd. 'Dus als ik het goed begrijp, ben je niet eerlijk tegen mij, ga je uit van stomme vooroordelen, beschouw je mij als een of andere flirtbitch en als klap op de vuurpijl beweer je dat het allemaal mijn schuld is en dat ik jou niets gun?' Joan wuifde met haar handen. 'Ik ben er klaar mee, weet je! Jij bent mijn vriendin niet meer.' Ze draaide zich om, beende langs de uitsmijter en duwde tegen de buitendeur. Een luide klap volgde.

'Au!'

Joan wreef over haar schouder, terwijl de uitsmijter de deur naar zich toe trok en voor haar openhield.

'Trekken,' stamelde Tessa, die haar lachen bijna niet kon inhouden. 'Al een jaar of vier.'

Het was even stil. De twee meiden keken elkaar aan.

'Hahaha,' hikte Tessa, die de hele ruzie op slag vergeten was en in lachen uitbarstte. 'Die kop van jou.'

'Kijk naar jezelf,' zei Joan met een grijns. Ze probeerde niet te lachen, maar kon haar lachspieren maar met moeite in bedwang houden.

'Hoezo?'

'Je ziet er niet uit,' bromde Joan.

'Ik?'

'Ja, kijk dan.' Joan wees naar de spiegel die naast de ingang hing.

Tessa draaide zich om en staarde naar zichzelf in de spiegel. Haar mond viel open. 'Aaah... ik lijk wel een indiaan!' Snel veegde ze de zwarte strepen van haar gezicht. 'Die mascara was waterproof, zei de verkoopster!'

Joan haalde haar schouders op. 'Moet je maar luisteren. Ik koop altijd make-up van –'

'Ja, ja,' viel Tessa haar in de rede. 'Hou maar op. Daar heb ik toch geen geld voor? Ik heb geen eigen creditcard, hoor. Ik moet hard werken voor mijn geld.'

'Pardon?' Joans gezicht betrok direct weer.

Tessa greep Joans arm en trok de deur open. 'We gaan,' zei ze vastbesloten. 'Voordat we elkaar weer in de haren vliegen.'

Op dat moment kwam er een jongen de trap af. 'Tessa!'

Tessa draaide zich om. 'Emil...' Haar ogen flitsten van Joan naar Emil en weer terug.

'Ga je weg?' vroeg Emil, terwijl hij onder aan de trap bleef staan.

'Eh... ja, ik...'

Joan glimlachte. 'Het is al laat en Tessa logeert bij mij, dus...' Ze voelde de hand van Tessa in haar bovenarm knijpen. 'Ze belt je nog wel.'

Emil keek Tessa doordringend aan. 'Heb je zelf ook nog wat in te brengen?'

'Eh... ja,' stamelde Tessa. 'Tuurlijk... Maar Joan heeft gelijk. We moeten gaan.'

'Oké, ik snap het.' Emil draaide zich om en spurtte de trap weer op. 'Meiden!' hoorden ze hem nog mompelen.

Tessa liet haar schouders zakken. 'Shit,' siste ze. Vanonder haar wimpers keek ze Emil na.

'Ga je mee?' De stem van Joan klonk opgewekt. Ze trok Tessa mee naar buiten. 'Wat een kwal, hè? Zag je hoe uitsloverig hij deed?'

De deur van de discotheek viel achter hen dicht. Tessa probeerde nog door het glas naar binnen te kijken, maar ze zag alleen haar eigen spiegelbeeld.

'Wees blij dat ik je gered heb,' ging Joan verder. Ze trok Tessa mee naar de fietsenrekken. 'Zo'n jongen is toch niets voor jou? Wedden dat hij nu al met een andere meid danst?'

Tessa haalde haar fietssleuteltje uit haar zak. 'Ik had echt het idee dat hij mij...'

'Welnee,' viel Joan haar in de rede. 'Geloof mij... die Emil is niet te vertrouwen.'

'En hoe weet je dat dan?'

'Zoiets voel je gewoon,' antwoordde Joan. 'Ik heb daar jammer genoeg ervaring mee. Wees blij dat ik je op tijd gewaarschuwd heb. Ga je mee?'

Zwijgend fietsten ze de Vijzelstraat in.

'Ik ben blij dat we weer vriendinnen zijn,' riep Joan, terwijl ze de trambaan handig ontweek bij het oversteken. De verbaasde blik van Tessa ontging haar.

'Hanna!'

De voordeur klapte dicht en er klonken voetstappen op de trap.

'Hanna! Waar ben je?'

Hanna leunde met haar ellebogen op haar bureau en legde haar handen tegen haar oren. 'O, nee,' fluisterde ze. 'Wat nu weer?'

De deur van Hanna's kamer ging open. 'Weet jij waar mijn voetbalspullen zijn?'

'Misschien in je kast,' verzuchtte Hanna. 'Waar ze horen?'

Thijs schudde zijn hoofd en liep naar zijn oudere zus toe. 'Nee, daar liggen ze niet. Jij hebt die spullen zaterdag gewassen. Waar heb je ze gelaten?'

De verwijtende toon in zijn stem was de druppel voor Hanna. 'Weet ik veel!' schreeuwde ze. Ze sloeg met haar handen op haar bureau. 'Ik kan niet alles, hoor! Wanneer beseffen jullie eens dat ik hier niet de huissloof ben?'

Thijs deed verbaasd een stap naar achteren. 'Doe effe normaal, zeg. Je hoeft niet meteen te gaan schreeuwen.'

'Ik schreeuw wanneer ik dat wil!' tierde Hanna, die nu helemaal de controle over zichzelf aan het verliezen was. 'Ik heb genoeg van jullie gecommandeer. Het is hier geen hotel!'

Ze greep Thijs bij zijn bovenarm. 'Wegwezen. Ga je voetbalkleren maar lekker zelf zoeken.'

Met een dreun viel de deur achter Thijs dicht. 'En waag het niet om hier zonder kloppen binnen te komen!' Hanna leunde tegen de deur en hijgde.

Ze hoorde Thijs de trap weer afrennen.

'Ja, toe maar,' fluisterde Hanna. 'Ga maar lekker klagen.' Ze keek op haar horloge en glimlachte toen ze haar moeder haar naam hoorde roepen. 'Vijf seconden... een record.'

Hanna rechtte haar rug, deed haar deur open en liep de trap af. Haar moeder zat op de bank bij het raam, haar gipsen been op de poef. Thijs stond met zijn armen over elkaar geslagen en keek Hanna triomfantelijk aan.

'Thijs zegt dat jij zonder reden tegen hem schreeuwde. Hij vroeg alleen maar of jij zijn voetbalspullen ergens had gezien. Klopt dat?'

Hanna knikte. 'Ja, dat klopt.' Ze keek haar moeder strak aan, maar zweeg verder.

'Geen ontlastende uitleg?'

Hanna schudde haar hoofd. Ze was het discussiëren om

onbenulligheden van haar broer en zus zat. Het gaf een hoop geruzie en uiteindelijk kwam het er toch op neer dat zij aan het kortste eind trok, omdat ze de oudste en wijste was... of in ieder geval moest zijn. Iets wat ze al jaren deed. Ze hield te veel van haar ouders om de strijd aan te gaan.

De triomfantelijke blik van Thijs deed haar twijfelen, maar bij het zien van het vermoeide gezicht van haar moeder wist ze zich in te houden. Haar moeder had haar nu meer dan ooit nodig. Dat ze haar been op drie plaatsen gebroken had net nu het zomervakantie was, was al vervelend genoeg. Hanna had beloofd te helpen waar ze kon en ze wilde haar moeder niet opzadelen met gezeur over niks.

Kim en Thijs waren dan wel elf en veertien jaar, maar ze gedroegen zich als kleuters. De afgelopen dagen hadden ze geen poot uitgestoken in het huishouden. Ze waren er als vanzelfsprekend van uitgegaan dat Hanna het boeltje wel draaiende hield. Zonder blikken of blozen gingen ze gewoon hun gang, alsof er niets veranderd was. Kim lag tot het middaguur in haar bed, hing dan uren aan de telefoon met vriendinnen en stoof 's avonds na het eten direct de deur uit om pas rond middernacht thuis te komen. Thijs liep met vrienden het huis in en uit, liet overal een spoor van lege borden, glazen en etensresten achter en hing tussen de bedrijven door voor de televisie. Geen van beiden had de afgelopen dagen ook maar iets gedaan om te helpen.

'Zie je wel,' riep Thijs. 'Ik zei het toch?'

Mevrouw Verduin zuchtte. 'Ga maar spelen, Thijs. Ik moet even met Hanna praten.'

'Maar mijn voetbalspullen...'

'Misschien kun je bij de wasmachine kijken?' beet Hanna haar broertje toe. 'Als het je niet te veel moeite kost.'

Thijs trok een verongelijkt gezicht. 'Zie je nou wat ik bedoel, mam?' Hij gaf zijn moeder een kus op haar wang. 'Dag lieve mama,' zei hij met een grijns. 'Let maar niet te veel op Hanna. Ze moet vast ongesteld worden.'

Net op tijd dook hij achter de bank en stoof lachend de kamer uit. Hanna liet haar arm zakken. 'Ik doe 'm nog eens wat,' siste ze toen de deur met een klap dichtviel.

Mevrouw Verduin klopte met haar hand op de bank. 'Kom eens bij me zitten.' Haar stem klonk zacht en vermoeid.

Hanna ging naast haar moeder zitten. 'Laat maar, mam,' zei ze. 'Ik ben gewoon moe.'

Ze voelde de arm van haar moeder om haar schouders en liet zich opzij zakken. Ze legde haar hoofd op haar moeders schouder. Een kus werd op haar voorhoofd gedrukt.

'Ik ben blij met je hulp, Hanna,' zei mevrouw Verduin. 'Echt... je bent een kanjer!'

Hanna zweeg. Niets nieuws onder de zon.

Ze dacht aan Jasper en glimlachte. Jasper was nu vast een of andere saaie vergadering aan het leiden. Zou hij aan haar denken? Vast niet. Hoelang had ze hem nu niet gezien? Hun reis naar Rome, samen met haar andere zussen, leek alweer zo ver weg.

'Waar denk je aan?' hoorde ze haar moeder zeggen.

'Hmm, niets... zomaar...'

'Heb je nog wat van Jasper gehoord?'

Hanna beet op haar lip. Soms was het irritant dat haar moeder haar gedachten kon lezen.

'Hij heeft het druk op zijn werk.'

Haar moeder zuchtte. 'Ik wilde dat het anders was, meisje, maar ik heb je nodig. Kim en Thijs zijn... nou ja... je begrijpt wel wat ik bedoel. Ze kunnen die verantwoording nog niet aan. En papa is de hele dag naar zijn werk. Ik zit hier maar voor het raam en kan niets. Ik vind het ook vervelend voor jou... en voor mezelf... net nu het vakantie is. Maar...'

'Stil nou maar, mam,' fluisterde Hanna. 'Maak het nu niet moeilijker dan het al is. Het is goed. Sommige dingen zijn nu eenmaal zo. Ik hoop alleen...'

Ze zweeg en voelde haar ogen nat worden. 'Ik ben bang dat...'

Ze sloeg haar armen om haar moeder heen. Ze wilde haar gedachten niet hardop uitspreken. Het was alsof er een slot op haar keel kwam. Zo mocht ze niet denken over Jasper. Dat hij al drie dagen niet te bereiken was, had vast met zijn werk te maken.

'Jasper is gek op je,' stelde haar moeder haar gerust. 'Dat jij nu even niet naar Den Haag kan komen, begrijpt hij heus wel. Hij heeft je van de week nog zo'n lieve mail gestuurd.'

Hanna knikte en veegde langs haar ogen. 'Weet ik ook wel,' fluisterde ze. 'Ik zit weer te zeuren.' Ze stond op en toverde een glimlach op haar gezicht. 'Kopje thee?'

'Graag, lieverd. Ik ben blij dat we het hebben uitgepraat.'

'Ja, mam... ik ook.'

Hanna zorgde ervoor dat haar moeder haar teleurgestelde gezicht niet te zien kreeg.

'Soundcheck.' Tanja tikte tegen de microfoon die voor haar stond. *'This is a soundcheck... Tanja's speaking.'*

Haar stem klonk zacht. Ze wilde al haar energie bewaren voor de echte opnames. Achter het glas van de geluidscabine zag ze haar vader staan. Hij zwaaide en Tanja lachte terug. Ze voelde haar hele lichaam trillen. Dit was zo cool.

Hier stond ze dan, in het hartje van Londen, in de studio van de platenmaatschappij van The Jeans. De band waarvan haar vader, Parrot, de leadzanger was. Ze kon het nog steeds niet geloven. Dat haar vader haar goed vond zingen, had ze nog kunnen geloven. Hij was tenslotte haar vader en flink bevooroordeeld, zoals vaders dat altijd zijn, toch?

Tijdens de tour in Rome had hij haar de kans gegeven om mee te zingen in zijn achtergrondkoor. Duizenden gillende fans hadden haar naam geroepen in het Stadio Olympico en ze had het gevoel gekregen dat ze de hele wereld aankon. Na de tour was ze verhuisd naar Londen. Ze woonde nu bij haar vader en genoot van alle nieuwe indrukken. Dat de platenmaatschappij haar had gevraagd om proefopnames te maken in de studio, kon ze maar moeilijk een plaats geven. Zo goed was ze toch niet? Haar vader had haar gewoon een plezier gedaan. Ze had geen moment gedacht dat ze echt goed kon zingen.

Maar kennelijk dacht de manager van The Jeans daar anders over. Hij wilde Tanja in de studio hebben.

Tanja zette de koptelefoon op, die boven haar hoofd hing. Ze kon het nog steeds niet geloven. Wat was haar leven veranderd. Het leek wel een sprookje: het kleine onzekere weesmeisje uit Amsterdam dat de dochter bleek te zijn van de bekende rockzanger Parrot en tevens het zangtalent van haar vader had geërfd. Een schrijver zou het niet zo kunnen verzinnen.

Maar het was echt! Hier stond ze dan, in de beroemde studio van een van de grootste platenmaatschappijen van de wereld. Hier gebeurde het. Hier kwamen grootheden uit de muziekwereld over de vloer.

'*Are you ready?*'

De stem uit de luidsprekers deed Tanja opschrikken uit haar gedachten. Ze stak haar duim omhoog. Ze was er helemaal klaar voor.

De muziek startte en Tanja sloot haar ogen.

Dagenlang had ze dit nummer met haar vader geoefend. Het was een prachtig duet. Parrot en Tanja... Vader en dochter... Tanja voelde haar hart bonzen. Als ze het nummer goed inzong, werd het misschien uitgebracht, had de producer gezegd. Eerst in Engeland, maar wie weet... straks ook in Europa, Amerika...

Parrot had het nummer speciaal voor Tanja geschreven. Hij kende haar stem, haar toonbereik en vibratie. Tanja vond dat hij het geweldig had gedaan. Het was het mooiste nummer dat ze ooit had gehoord. En het was haar nummer!

Tanja hoorde haar vaders stem door de koptelefoon. Parrot had het nummer vanochtend ingezongen en zijn partij stond al op de band. Geconcentreerd en rustig ademend luisterde ze naar de muziek. Ze wist precies wanneer ze moest inzetten. Nu kon ze niet meer terug. Dit was het moment om te bewijzen dat ze het kon.

Vol overgave zong Tanja haar partij. Haar stem klonk krachtig en sterk. De zenuwen gierden door haar lichaam, maar ze dwong zichzelf te ontspannen.

De laatste tonen stierven weg en toen was het stil. Met gebogen schouders en trillende benen bleef Tanja staan. Ze durfde niet op te kijken. Stel je voor dat het niet goed was? Stel je voor dat...

'*Come here, girl!*' De rauwe stem van de producer schalde door de koptelefoon.

Tanja keek op en keek naar haar vader, die haar bemoedigend toeknikte. Aarzelend zette ze haar koptelefoon af. Waarom zei niemand wat?

Ze duwde de deur van de geluidscabine open en liep het kleine trapje op naar boven. De producer was druk in gesprek met de geluidsman en Parrot. Tanja bleef wat verloren bij de deur staan. '*How did I do?*' vroeg ze zacht.

Op dat moment schalde haar stem door de studio. Tanja luisterde. Ze vond het nog altijd raar om haar eigen stem te horen. De muziek, Parrots stem, haar stem... het klonk geweldig, vond ze.

'*Listen!*' riep de producer. '*Listen to this jewel.*'

Parrot sloeg zijn armen om Tanja heen. Zwijgend luisterden ze naar hun lied. Tanja kon geen misser horen. Ze had het perfect gedaan.

Nog voordat het slotakkoord te horen was, begon de producer met de geluidsman te praten. Tanja kon niet verstaan wat ze zeiden.

'Vindt hij het niet goed?' Tanja's stem trilde.

'Let maar niet op hem,' lachte Parrot. 'Dit is zijn manier om te zeggen dat hij het geweldig vindt. Kijk maar, hij is al aan het samplen.' Hij trok Tanja naar zich toe. 'Ik ben zo trots op je.'

Terwijl ze bijna werd fijngeknepen, keek Tanja teleurgesteld naar de twee pratende mannen bij de geluidsapparatuur. Ze konden toch wel íets zeggen?

Tanja wurmde zich los uit haar vaders omhelzing. 'Denk je dat hij het nummer uit gaat brengen?'

'Ik weet het wel zeker,' antwoordde Parrot. 'We moeten het nog een paar keer goed inzingen en...'

'Nog een paar keer?' siste Tanja.

'Tuurlijk,' ging Parrot verder. 'Zoiets moet perfect. We nemen geen genoegen met minder. Bereid je er maar op voor: de komende dagen zitten we hier in de studio.'

Het gezicht van Tanja betrok. 'Maar we zouden...'

Parrot legde zijn wijsvinger op haar mond. 'Ssst, ik weet het. We zouden allemaal leuke dingen gaan doen samen. Maar dit gaat voor. Jij wilt toch ook dat je eerste cd perfect wordt?'

Tanja knikte, maar het ging niet van harte. 'Het is ook jouw vakantie,' probeerde ze nog, maar Parrot was niet onder de indruk. 'Jij gaat voor,' fluisterde hij. 'Of...'

Hij aarzelde en keek Tanja aan. 'Of ben je bang?'

'Bang? Waarvoor?'

Parrot glimlachte. 'Toen ik mijn eerste plaat opnam, was ik bloednerveus. Ik vroeg me iedere minuut van de dag af of de mensen mijn nummer wel goed zouden vinden. Of de deejays het wel zouden draaien, of ik niet zou worden afgekraakt in de pers. Ik heb het allemaal meegemaakt, hoor! Weliswaar is het een tijd geleden, maar toch...'

Tanja schudde haar hoofd. 'Nee, dat is het niet. Het zal mij een worst wezen wat anderen denken.'

'Worst?' Parrot keek haar niet-begrijpend aan.

'Dat is een uitdrukking,' lachte Tanja. 'Het betekent dat ik me niets van anderen aantrek. Ik ben niet bang. Het is alleen...'

Ze keek haar vader aan. 'Ik wil zo veel mogelijk leuke dingen met jou doen. Naar het strand, shoppen, uit eten, bioscoopje, praten, lachen... Ik wil al onze verloren jaren inhalen. En dan is opgesloten zitten in een studio niet een van mijn favo's op dit lijstje.'

De producer kwam naar hen toegelopen. *'Again,'* zei hij, terwijl hij naar de cabine wees. *'Your turn, Parrot.'*

Tanja voelde haar irritatie stijgen. Wat een ongelooflijke boer was dat, zeg. Kon hij nu niet even zeggen dat ze het goed gedaan had? Was dat te veel gevraagd?

'Listen,' ging de producer verder en hij wendde zich tot Tanja. *'You can...'*

'No,' riep Tanja en het was eruit voordat ze er erg in had. *'I can* helemaal niets! Ik wil eerst op een behoorlijke manier horen of het goed was. Zo moeilijk is dat toch niet?'

De producer trok zijn wenkbrauwen op en keek naar Parrot. *'What is she saying?'*

Parrot probeerde zijn lachen in te houden en vertaalde wat Tanja had gezegd. *'She wants to know if her singing was okay.'*

'Oh...'

Er viel een stilte. De strakke blik van Tanja deed de producer aarzelen. *'Is she angry?'*

Parrot deed zijn mond open om te antwoorden, maar Tanja was hem voor.

'Yes,' zei ze. *'I'm angry. You have to be a lot politer if you want to work with me, understood?'*

De knipoog van Parrot richting de producer ontging haar.

'I'm sorry,' zei de producer en zijn ogen twinkelden. *'You are right. What do you want me to do?'*

Tanja was even van haar stuk gebracht. Zo'n snelle overwinning had ze niet verwacht. 'Eh...'

Parrot redde haar. Hij legde in het kort uit wat Tanja dwarszat. *'Girls,'* besloot hij glimlachend, *'are quite demanding.'*

De spanning was gebroken.

'Als je dat maar weet,' zei Tanja nog. Ze nam de complimenten van de producer in ontvangst en pakte haar tas. 'Ik ga wat drinken in de kantine,' zei ze tegen Parrot. 'Veel succes. Roep maar als ik aan de beurt ben.'

Een list

Het was nog vroeg in de morgen, maar Joan zat in de keuken met een kop dampende koffie voor zich. Ze had amper geslapen vannacht en kon met moeite haar ogen open houden.

'Moet jij niet terug naar je bed?' Hilke liep de keuken in en wreef Joan over haar rug. 'Mmm, koffie... lekker.'

'Ik kan niet slapen,' mompelde Joan, die haar badjas strakker om zich heen trok. 'Tessa snurkt.'

Hilke schonk zichzelf een kop koffie in. 'Ga dan in de logeerkamer liggen.'

'Nee, laat maar. Ik ga straks nog wel even liggen als Tessa weg is.'

Hilke keek Joan onderzoekend aan. 'Was het gezellig gisteravond?'

'Gaat wel.'

'Gaat wel als in: niet zo leuk, of gaat wel als in: wel leuk?'

Joan roerde in haar koffie. 'Weet je... Op de een of andere manier klikt het niet meer zo met Tessa. We hebben om de kleinste dingen ruzie. We lachen ook vaak, hoor... maar toch...'

Hilke kwam naast Joan zitten. 'Misschien zijn jullie veranderd? Jij in ieder geval wel.'

'Hoezo?'

'Nou, sinds je met je zussen optrekt en je vader hebt leren kennen, ben je toch anders... sterker, meer volwassen.'

'Is dat een compliment of niet?'

'Vind ik wel,' lachte Hilke. 'Ik ben hier al hulp in huis sinds je geboorte. Ik ken je door en door. Jij hebt geleerd te delen, dame, en dat is iets om trots op te zijn.'

Joan voelde dat ze bloosde. 'Volgens Tessa ben ik een egoïst.'

'O.'

'Misschien ben ik dat ook wel,' ging Joan verder. 'Ik gunde haar die jongen niet.'

'Aha, jongens. We zijn weer op het bekende terrein.'

'Doe niet zo flauw,' ging Joan verder. 'Tessa was...'

Op dat moment ging de telefoon. Terwijl Hilke opnam, liet Joan zich van de barkruk afglijden en liep naar het koffiezetapparaat. Het geluid van de malende bonen vulde de keuken. Op de achtergrond hoorde Joan de stem van Hilke, maar het ontging haar wat ze zei. Joan staarde naar de twee dunne straaltjes koffie die haar kopje vulden. Tot de laatste druppel werd de koffie opgevangen. Zwijgend ging Joan terug naar de bar.

'Dat was oom Jurriaan,' zei Hilke, terwijl ze de telefoon op de bar legde.

'Dé oom Jurriaan?' Joan grijnsde breed. 'Als in: minnaar Jurriaan?'

Hilke bloosde. 'Toe, niet doen. Sinds ik weet dat jij het weet, voel ik me ongemakkelijk.'

Joan legde haar wijsvinger op haar lippen. 'Ik zeg niets, hoor. Als jij en oom Jurriaan en de rest van de familie daar duidelijke afspraken over hebben en het goed vinden, waarom zou ik dan moeilijk doen? Wat had hij? Of is dat privé?'

'Nee,' antwoordde Hilke. 'Jurriaan had een probleem en ik ben bang dat ik hem niet echt geholpen heb.'

'Hoezo?'

'Hij heeft een hotelketen overgenomen. Een van de hotels uit die keten staat in Monaco. Het schijnt het minst rendabele hotel te zijn van allemaal. Hij vroeg of ik daar anoniem een weekje naartoe wilde gaan. Beetje rondneuzen, zeg maar, zodat hij zijn marketingplan kan aanpassen.'

'Te gek! Monaco!' riep Joan. 'Wanneer ga je?'

'Ik ga niet.'

'Niet?'

'Nee, ik ben net terug uit Rome met jullie. Het moet niet gekker worden. Ik ben nog altijd de huishoudster hier. Je ouders zijn komende week ook al op zakenreis. Ik kan jou en dit huis toch niet alleen laten? Je ouders zien me aankomen. Nee, ik heb tegen Jurriaan gezegd dat hij maar iemand anders moet zoeken die voor spion wil spelen.'

'Een week Monaco met je minnaar,' riep Joan. 'Zoiets laat je toch niet schieten?'

Joan gaf Hilke een knipoog. Haar ontdekking twee weken geleden, dat Hilke al jarenlang een verhouding had met de broer van haar vader, was een enorme schok geweest. Maar al snel had Joan begrepen dat de hele familie op de hoogte was en dat alles in goed overleg was geregeld. 'Grotemensendingen,' had Hilke het genoemd. En zo langzamerhand was Joan eraan gewend geraakt en kon ze zelfs grapjes maken over Hilkes verliefdheid.

'Jurriaan gaat niet mee,' lachte Hilke. 'Ik zou alleen moeten gaan. Nou, daar vind ik niets aan. Wat moet ik daar in mijn eentje tussen al die rijke mensen?'

Joan keek dromerig. 'Ik zou het wel weten. Weet je dat filmsterren en andere beroemde artiesten daar hun vakantie doorbrengen? Er liggen privéjachten in de haven van Monaco van wel drie verdiepingen hoog, waar gefeest wordt. En dan de winkels... ze zeggen dat alle beroemde modehuizen daar vertegenwoordigd zijn. En...'

'Ja, ja, dat zal allemaal best,' onderbrak Hilke haar, 'maar ik blijf liever hier.'

Joan hief haar armen. 'Je bent echt gek! En als ik nu met je meega? Toe, *please*... laat me meegaan?'

Hilke schudde haar hoofd. 'Nee, ik wil gewoon niet weer op reis. Voorlopig slaap ik in mijn eigen bed.'

Ze keek Joan aan. 'Maar als jij het leuk vindt... waarom bel je je oom dan niet op? Je hebt nog vakantie. Het schijnt een geweldig luxe hotel te zijn. Je oom betaalt, dus ik denk niet dat je moeite hoeft te doen om iemand mee te krijgen naar Monaco.'

'Monaco? Wie gaat er naar Monaco?' Tessa kwam in haar nachthemd de keuken in gelopen. Achter haar rende Candy, de kleine maltezer van Joan.

'Ga jij naar Monaco?' herhaalde Tessa haar vraag.

Joans ogen schoten heen en weer. Van Hilke naar Tessa en weer terug. Wat had Tessa gehoord?

'Eh... nou, op dit moment gaat er nog niemand,' antwoordde Joan. Ze dacht razendsnel na. Als ze al naar Monaco ging, dan niet met Tessa. Alsjeblieft niet.

'Hilke misschien,' ging ze verder en ze ontweek de onderzoekende blik van Tessa. Hilke nam net een slok van haar koffie. Joan moest snel zijn, voordat Hilke zich ging verspreken.

Joan schoof haar been onopvallend opzij en tikte met haar knie tegen Hilkes been aan. 'Hilke kreeg net een reisje naar Monaco aangeboden, maar ze kan niet, toch... Hilke?'

Hilke verslikte zich en hoestte.

'Neem een slokje water,' ging Joan verder. Ze duwde Hilke in de richting van de kraan en richtte zich weer tot Tessa. 'Lekker geslapen?'

'Gaat wel,' antwoordde Tessa. 'Jij was ook vroeg wakker.'

'Ja, ik moest wel. Ik moet vandaag nog heel veel doen.'

Tessa trok haar wenkbrauwen op. 'Zomaar opeens? Gisteren zei je nog dat...'

'Eh... ja, ik was helemaal vergeten dat ik Hilke vandaag zou helpen met... eh...'

'Computerles,' vulde Hilke aan, die bij de kraan stond.

'O, jammer,' zei Tessa. 'Ik wilde vanmiddag naar het strand gaan.'

Joan trok een teleurgesteld gezicht. 'Ja, jammer... vind ik ook. Net nu het zo'n mooi weer is.'

Ze keek naar Hilke. 'Kan het echt niet een ander keertje, Hilke?'

Het was even stil. Joan wist dat ze nu wel erg brutaal was, maar gelukkig bleef Hilke meespelen.

'Nee, Joan. Afspraak is afspraak.'

'Je hoort het,' zei Joan tegen Tessa. 'Ik kom er echt niet onderuit. Koffie?'

'Eh... ja, lekker.'

Tessa ging naast Joan aan de bar zitten. 'Maar ik hoorde je net zeggen dat jij misschien met een vriendin naar Monaco kon. Monaco is cool. Ik wil wel mee, hoor.'

Joan verstijfde. Dus Tessa had het toch gehoord. Hoe moest ze zich hier uit redden?

Om tijd te rekken, nam Joan een slok van haar koffie.

'Dat zou Joan wel willen,' riep Hilke. 'Wie wil er nu niet naar Monaco? Maar ik ben bang dat je het verkeerd hebt begrepen. De oom van Joan heeft mij gevraagd. Iets met zaken. Als Joan al gaat, dan is dat puur in dienst van haar oom. Ze kan niet zomaar vriendinnen mee gaan vragen, dat snap je zelf ook wel, toch?'

Tessa knikte wat teleurgesteld.

'Ik weet ook niet of ik ga, hoor,' ging Joan verder. 'Het is vast hard werken. Mijn oom kennende.'

Ze trok de broodtrommel open. 'Iemand een croissantje?'

'En als ik je oom nu eens bel?' opperde Tessa. 'Hij kent mij wel niet, maar als ik een keer op bezoek ga, dan weet ik zeker dat hij er geen bezwaar tegen heeft als ik meega.'

Joan gaf de zak met croissantjes aan Hilke. 'Ik ga even naar het toilet.'

Even later stond ze met haar mobiele telefoon in de logeerkamer achter in het huis. Ze moest iets ondernemen voordat dit uit de hand liep. Ze kende Tessa; ze was een doorzetter. Wat die in haar kop had, moest gebeuren. Ze zou net zolang blijven doorzeuren totdat ze mee mocht naar Monaco.

Joan zocht het telefoonnummer van Emil op in haar mobiel, zocht verbinding en wachtte geduldig tot hij opnam.

'Hallo?' klonk het slaperig.

'Emil?'

'Ja, met wie spreek ik?'

'Hoi, met Joan...'

'Joan? Welke Joan? Ik ken geen Joan.'

Joan perste haar lippen op elkaar. Wat een ongelooflijke kwast, zeg. Hij wist niet eens meer wie zij was.

'Joan van den Meulendijck, de dochter van Parrot,' zei ze op barse toon.

'O... die Joan. Sorry, maar ik ben nog niet wakker. Waarom bel je?'

'Ik zal het kort houden,' ging Joan verder. 'Tessa vindt je leuk... meer dan leuk. Ze vond het jammer dat ze gisteravond zo snel weg moest. Was ook een beetje mijn schuld.'

'Ja, en?'

'Omdat Tessa mijn beste vriendin is, wilde ik je vragen of je haar zo wilde bellen om haar mee uit te vragen van de week.'

'Jij bent gek!'

'Nee, helemaal niet. Jij vraagt Tessa mee uit en je hebt minstens een week wat met haar.'

'Luister, Tessa is een leuke meid, maar ik houd er niet van als ik gedwongen word. Neem je me nu in de maling?'

'Helemaal niet. Ik wil Tessa gewoon een fijne week bezorgen. Ze is stapel op je en heeft nog nooit echt verkering gehad met zo'n knappe gozer.'

'En waarom zou ik dat doen?'

'Omdat ik jou dan kaartjes geef voor het concert van The

Jeans in het Gelredome volgend voorjaar. Je weet dat de concerten zijn uitverkocht. Ik kan jou gratis kaarten bezorgen als jij met Tessa uitgaat en een tijdje lief voor haar bent. En misschien zit er ook nog een *meet-and-greet* in met Parrot.'

Het bleef stil aan de andere kant van de lijn. Joan wist dat ze beet had. Het was misschien gemeen, maar zo zou Tessa zeker hier blijven.

'Oké, ik doe het. Voor vier kaartjes.'

'Afgesproken, en Emil...'

'Ja?'

'Geen woord over onze afspraak. Tessa mag nooit te weten komen dat dit opgezet is. Begrepen? Anders kun je alsnog naar je kaartjes fluiten. Jij belt haar zo op, vraagt haar mee uit, geeft haar een fantastische week...'

'Eén week maar?'

Joan lachte. 'Minstens één week, langer mag natuurlijk altijd. Mocht je het uit willen maken, dan doe je dat netjes. Ik wil geen klachten. Als je je aan onze afspraken houdt, krijg jij vier kaartjes van mij.'

'*All right, deal.* Kan ik nu verder slapen?'

'Nee, eerst bellen. Zeg maar dat je de hele nacht aan haar gedacht hebt en dat je echt niet langer kon wachten met bellen.'

'Oké, oké, doe ik.'

Joan hoorde een klik en stopte haar telefoon in de zak van haar badjas. Zo snel ze kon, liep ze terug naar de keuken. Hilke was er niet meer. Tessa smeerde wat jam op haar croissantje.

'Hilke is douchen,' zei Tessa en ze nam een hap van haar croissantje. 'Volgens haar is je oom een aardige vent. Zullen we vanmiddag even bij hem langsgaan? Misschien mag ik mee? Stel je voor... wij naar Monaco? Dat wordt lachen. En ik hoorde Hilke zelf zeggen dat alles betaald werd. Mooier kan toch niet?'

Joan glimlachte. 'Zeg, hoor ik jouw telefoon nu afgaan?'

Tessa stopte met kauwen en luisterde. 'Ik hoor niets.'

'Volgens mij wel. Ik heb mijn telefoon hier in mijn badjas, dus het moet die van jou zijn.'

Tessa liep de keuken uit en kwam even later terug met haar mobiel in haar handen. 'Je hebt gelijk. Er heeft iemand gebeld.'

Ze drukte op wat toetsen en gaf een gil van schrik. 'Aaah, Emil... Emil heeft gebeld!'

'Wat moet die nu op de vroege ochtend?' vroeg Joan schijnheilig.

Met trillende handen drukte Tessa op de terugbeltoets. 'Geen idee, maar dat horen we zo!'

Tessa liep met haar mobiel naar de keukendeur. 'Hoi, met Tessa. Had je gebeld?'

Joan doopte haar croissantje in de klodder jam die ze op haar bord had gedaan. Die Emil hield zich aan zijn belofte. Nu de rest nog.

'Wat lief,' zei Tessa zacht. 'Heb je wel geslapen?'

Joan glimlachte en draaide haar rug naar Tessa. Ze moest niet te nieuwsgierig lijken.

'Meen je dat?' giechelde Tessa. 'Het is echt mijn eigen kleur haar, hoor!'

Joan deed haar best om zo rustig mogelijk te eten. Die Emil was goed, zeg.

Tessa's stem ging over op fluistertoon. Joan stopte met kauwen en draaide haar hoofd iets opzij. Ze wilde natuurlijk wel meegenieten van wat er gezegd werd.

'Deze week?' fluisterde Tessa. 'Maar...'

Joan keek snel weer naar haar bord. Het was even stil en Joan voelde de blik van Tessa op haar rug.

'Kan dat niet die week daarop?' siste Tessa. 'Komende week...'

Weer was het stil. Joan had haar beide middelvingers om haar wijsvingers geslagen. Laat haar happen, dacht ze wanhopig. *Please*, laat haar met Emil op stap gaan.

'Oké, doei.'

Tessa drukte haar mobiel uit en kwam naar de bar toe gelopen.

'En?' Joan wist dat ze een tikkeltje nieuwsgierig moest lijken. 'Wat zei Emil?'

Tessa knikte. 'Dat hij mij gemist had. Is het geen schatje?'

'Had hij nog wat?'

Heel even aarzelde Tessa, maar toen schudde ze haar hoofd. 'Nee, niets bijzonders.' Ze keek Joan onderzoekend aan. 'Vind je het niet erg?'

'Wat?'

'Dat hij mij belt en niet jou.'

Joan probeerde zo neutraal mogelijk te kijken. 'Nee hoor. Daar hebben we het gisteravond toch al over gehad?' Haar gedachten gingen razendsnel. Aanval was de beste verdediging in zo'n situatie. Ze moest het zeker weten. 'Zal ik mijn oom dan maar even bellen om te vragen of we vanmiddag langs kunnen komen? Horen we meteen wat nu precies de bedoeling is daar in Monaco.'

Tessa schoof met haar blote voeten op de vloer heen en weer. 'Eh... ik bedenk net dat ik deze en volgende week al afspraken heb staan. Ik denk niet dat...'

'Die kun je toch verzetten?' Joan wist dat ze nu wel heel erg blufte, maar ze wilde het zeker weten.

'Nee, dat gaat niet,' zei Tessa nu standvastiger. 'Ik heb het mijn ouders beloofd. We zouden naar mijn oma gaan. Je weet wel, die in Drenthe woont. Dat kan ik echt niet afzeggen. Ga jij maar. Het is jammer, maar niets aan te doen.'

Joan keek heel teleurgesteld. 'Goh, wat sneu voor je. En voor mij natuurlijk,' haastte ze zich er achteraan te zeggen. 'Ik weet niet of ik nu nog wel ga. Alleen is zo'n reis niet zo leuk.'

'Ik ga douchen,' zei Tessa, die de laatste hap van haar croissantje in haar mond propte. 'En dan ga ik naar huis. Jij had het ook druk, toch?'

Joan slaakte een diepe zucht toen Tessa om de hoek van de keukendeur verdwenen was. Wat kon die Tessa liegen, zeg. Joan voelde haar schuldgevoel slinken. Wat ze had gedaan, was misschien niet eerlijk, maar Tessa kon er ook wat van. Oog om oog, tand om tand. Straks, als Tessa weg was, zou ze oom Jurriaan bellen om te vragen of het aanbod ook voor haar en haar zussen gold. De gedachte alleen al dat ze haar zussen weer zou zien, deed Joan stralen.

'Monaco...' fluisterde ze.

'Ik ook van jou.' Hanna maakte een kusgeluid door de telefoon en hing op. Dromerig staarde ze voor zich uit. Jasper miste haar. Hij had de afgelopen dagen keihard gewerkt en wilde haar heel graag zien komend weekend. Hanna had hem uitgelegd dat haar moeder nog niet veel kon en dat ze echt niet twee dagen naar Den Haag kon komen. 'Kom jij dan hierheen,' had ze voorgesteld, maar Jasper had dat niet zo'n goed plan gevonden. 'Bij jou thuis is het al vol genoeg,' had hij gezegd. 'En waar moet ik slapen? Er is geen kamer meer over.'

Hanna had gezwegen. Ze wist heel goed wat Jasper bedoelde. Hij zou niet bij haar in bed mogen slapen van haar ouders en een extra kamer was er niet. Hij zou bij Thijs op de kamer moeten slapen en dat was inderdaad niet zo'n goed idee.

'Zodra mijn moeder beter is, kom ik,' had Hanna gezegd.

Beneden hoorde Hanna een deur opengaan.

'Hanna! Wil je even helpen met de aardappels?'

Hanna stopte haar mobiel in haar broekzak en liep naar beneden. 'Ik kom al, mam!'

Haar moeder stond, leunend op twee stokken, bij het aanrecht. 'Kun jij die aardappels en de schillenbak naar de bank brengen? Dan schil ik de aardappels. Doe ik toch nog wat nuttigs.'

Hanna haalde wat aardappels uit de zak in de gangkast

en deed die in het plastic teiltje. Ze griste het aardappel-schilmesje uit het messenblok en liep naar de bank toe waar haar moeder al was gaan zitten.

'Was dat Jasper?'

Hanna knikte. 'Hij vroeg of ik dit weekend kwam...' Ze zweeg, alsof ze een antwoord verwachtte. Maar haar moeder zei niets.

'Ik heb gezegd dat het nog niet ging,' ging Hanna verder. 'Ander keertje.'

'Maar lieverd...'

'Nee, mam. Het kan niet. Papa moet zaterdag overwerken en Thijs en Kim steken geen poot uit om je te helpen. Ik kan je toch niet alleen laten? Je moet zelfs nog geholpen worden als je naar de wc gaat.'

Hanna liep naar het aanrecht en pakte een pan. Ze liet de pan halfvol water lopen en liep terug naar haar moeder. De eerste geschilde aardappel gleed in de pan met water.

'Ik vind het heel vervelend allemaal,' verzuchtte mevrouw Verduin. 'Jij voelt je altijd zo verantwoordelijk voor iedereen. Als je graag naar Jasper toe wilt, dan valt er heus wel een mouw aan te passen. Ik wil niet dat jij de dupe wordt van mijn valpartij.'

'Geeft niet,' zei Hanna. 'Maak je nou maar geen zorgen. Jasper kan heus wel wachten, hoor.'

Hanna gaf de bak met aardappels aan haar moeder. 'Ik wil even naar de bieb. Kan dat?'

Haar moeder knikte. 'Vergeet de boeken van Thijs niet terug te brengen. Anders heeft hij weer een boete.'

Hanna had de boeken van Thijs al ingepakt. Hij was altijd te laat met inleveren. Ze liep naar buiten, pakte haar fiets en propte de boeken in haar fietstas. Net toen ze wilde opstappen, ging haar mobiele telefoon. Haar zus.

'Hé, Joan! Jij bent vroeg. Ik dacht dat je gisteravond ging stappen met Tessa.'

'Heb ik ook gedaan.'

'Was het leuk?'

'Ja hoor, maar daar bel ik niet voor. Luister...'

Hanna stond met gespreide benen om haar fiets en leunde op haar stuur. Haar ogen werden groter en groter.

'Monaco? Echt? Maar wanneer? Hoelang? En wie...'

Ze hield abrupt haar mond en luisterde. Hanna voelde haar lichaam tintelen. Tjonge, ze kon mee naar Monaco met Joan en Tanja. Tenminste... als Tanja ook kon en wilde.

'Heb je Tanja al gebeld?'

De stem van Joan was duidelijk te horen. 'Nee, in Londen is het nog een uur vroeger. Ik bel strakjes. Wat denk je? Ga je mee?'

Hanna zweeg. Ze dacht aan haar moeder, aan Jasper, aan haar vader die moest overwerken, aan haar broer en zus...

'Hallo, ben je er nog?'

'Eh... ja,' stamelde Hanna. 'Ik denk na.'

'Moet je daar nog over nadenken, dan? We gaan naar Monaco!'

'Mijn moeder heeft haar been gebroken en nu is het wat moeilijk om...'

'Jouw moeder gaat niet mee, hoor! Dus wat is het probleem?'

'Ik ben nodig hier.'

'Onzin,' riep Joan. 'Niemand is onmisbaar. Thijs en Kim kunnen ook wat doen, hoor!'

'Kunnen, ja,' antwoordde Hanna. 'Maar doen is een tweede.'

'Je gaat mooi mee. Ben je nu helemaal?! Ik neem geen genoegen met deze flauwekulsmoes.'

'Ja... eh... ik bel je nog wel, goed? Straks. Ik probeer wat te regelen.'

Hanna hing op. Het zweet stond in haar handen. Monaco! Het kleine staatje in het zuiden van Frankrijk aan de Middellandse Zee.

Hanna stapte op haar fiets en reed de straat uit in de richting van de bieb. Haar ademhaling was onregelmatig. Ze voelde het bloed door haar hele lichaam suizen. Tegelijkertijd wist ze dat ze onmogelijk mee kon. Als ze Jasper al niet kon bezoeken in Den Haag dit weekend, hoe kon ze dan een hele week weg naar Monaco?

Het was rustig in de bieb. Hanna leverde haar boeken in en liep naar de leestafel. Ze pakte een tijdschrift en zonder te lezen sloeg ze de pagina's om. Twee stemmetjes streden in haar hoofd om hun gelijk.

Hanna, je bent nog nooit in Monaco geweest. Dit is je kans. Je hebt wel eens foto's gezien in roddelbladen en kranten. Foto's van prinsen, prinsessen, van prachtige huizen rondom de haven, geslaagde zakenmensen... Zo'n kans kun je toch niet laten lopen?

Hanna, je bent egoïstisch. Je bent net terug uit Rome. Je kunt niet weer een week weg van huis. Dat is onmogelijk. Mama heeft je nodig.

Flauwekul! Ze moeten het maar eens zonder jou doen. Je kunt toch niet eeuwig thuis blijven helpen?

Je laat je hele familie in de steek als je nu naar Monaco gaat voor je plezier. Zo zit het leven niet in elkaar. Eerst het nodige, dan het nuttige en dan pas het aangename!

Tuurlijk niet! Ontspanning is essentieel voor een mens. De boog kan niet eeuwig gespannen zijn. Het is tenslotte vakantie!

Je krijgt er spijt van. Doe het niet! Met een schuldgevoel in Monaco zitten doe je niemand een plezier.

Dit is het moment om eens uit je rol van Florence Nightingale te stappen. Heb je niet altijd al eens iets impulsiefs willen doen? Dit is je kans. Luister nu eens niet naar je verstand, maar volg je gevoel. Monaco!

Je kunt het niet maken om Jasper alleen te laten.

Jasper mist je niet, hoor! Die heeft het veel te druk met zijn werk.

'Hou op!'

Hanna schrok van haar eigen stem. De bibliothecaresse keek streng haar kant op en wees op het bordje STILTE dat boven de leestafel hing. Hanna sloeg haar hand voor haar mond en knikte ter verontschuldiging.

Ze had haar besluit genomen. Zonder boeken te zoeken, liep ze de bieb uit en fietste ze naar huis. Ze moest ergens een grens trekken. En die grens was nu bereikt.

Haar moeder zat op de bank en legde net de laatste aardappel in de pan met water.

'Dat is snel,' zei ze.

'Mam, Joan belde net. Ze mag met mij en Tanja komende week naar Monaco. Haar oom verzorgt en betaalt alles. Alles is al geregeld, ik hoef alleen maar ja te zeggen.'

Mevrouw Verduin roerde in de pan met aardappels. 'Wil je graag?'

Hanna knikte. 'Ja, natuurlijk. Monaco... zo'n kans krijg ik nooit meer.'

'Wat heb je gezegd?'

'Dat ik het zou vragen.'

'Dus je legt nu de verantwoording bij mij? Vind je dat niet een beetje laf?'

Hanna zweeg en boog haar hoofd. Haar moeder had gelijk. Maar laf was ze niet. Het was meer de twijfel.

'Ik wil wel,' begon Hanna. 'maar kan het wel?'

'Alles kan, als je maar wilt. Dat is het belangrijkste wat ik jullie geleerd heb. Vanavond, als papa thuis is, bespreken we het. Kim en Thijs kunnen meer dan je denkt. Je zult zien dat als jij er niet bent, zij heel goed kunnen helpen. Je doet het namelijk ook een beetje zelf. Je wil alles perfect doen en laat daardoor niets aan anderen over. Denk daar maar eens over na.'

Hanna trok haar wenkbrauwen op. 'Het lijkt nu net of het mijn schuld is dat ze nooit helpen?'

'Misschien wel,' antwoordde haar moeder. 'Soms moet je mensen ook de ruimte geven om het op hun manier te doen. Als je ze steeds voor bent...'

Hanna besloot er niet verder op in te gaan. Ze was veel te blij dat ze mee kon naar Monaco. 'Ik ga Joan meteen bellen!'

Ze rende de kamer uit. 'En Jasper,' gilde ze. 'Dit moet hij horen!'

Ze hoorde haar moeder nog wat roepen, maar het drong niet echt tot haar door.

Halverwege de trap had ze Joan al te pakken. 'Ik ga mee! Zeg maar hoe, wanneer, waar en hoe laat.'

'Dat hoor je nog,' zei Joan. 'Ik heb nu een wissel met Tanja. Ik bel je zo, goed?'

Hanna hing op en koos razendsnel het nummer van Jasper.

'Jasper? Hoi, met Hanna. Je raadt nooit waar ik volgende week ben!'

Het antwoord dat ze hoorde, bracht haar direct terug op aarde.

'Eh... nee, ik kom niet naar Den Haag.'

Hanna voelde het bloed uit haar hoofd wegtrekken. Wat verschrikkelijk dom van haar. In haar enthousiasme had ze helemaal niet meer aan Jasper gedacht en aan zijn verzoek om dit weekend naar Den Haag te komen.

'Ik ga met Joan en Tanja naar Monaco,' vertelde Hanna. 'Joans oom heeft daar een hotel gekocht en nu wil hij dat wij daar een paar dagen heen gaan.'

Hanna luisterde naar Jaspers stem. 'Mijn moeder? Nee, die zit nog steeds in het gips. Die kan voorlopig nog niets. Maar omdat ik zo graag wilde, gaan we vanavond afspraken maken. Thijs en Kim moeten komende week flink hun best doen in het huishouden. Vind je het niet geweldig voor mij?'

De reactie van Jasper was wat lauwtjes. Hanna begreep het wel. Jasper was teleurgesteld dat ze wel een week naar Monaco kon en niet een weekend naar Den Haag. Hanna besloot er niet te veel aandacht aan te schenken. Dat zou het alleen maar erger maken.

'Ik bel je als ik meer weet, goed? Dikke kus!'

Ze hing op. Haar hart bonkte in haar keel. Zou Jasper boos zijn? Nee... hij gunde haar altijd alles. Was ze niet te egoïstisch geweest? Nee... ze was zestien, had grote vakantie en ze mocht gratis naar Monaco! Zoiets begreep Jasper toch wel? Hij had toch geen vrije dagen meer.

Hanna verheugde zich nu al op vanavond. Kim en Thijs zouden flink op hun neus kijken als ze hoorden dat zij de komende week alle taken van Hanna over moesten nemen.

'Eigenlijk best goed,' mompelde Hanna. 'Ik geef ze de kans om te laten zien wat ze kunnen.'

Het was stil in de kantine van de platenmaatschappij. Tanja liep naar de vitrine en pakte een cola. Hier en daar zaten wat mensen, maar ze herkende niemand en liep naar het lege tafeltje bij het raam. Ze schoof de stoel naar achteren en klom op de tafel. Haar schoenen leunden op de stoel voor haar. Met haar rug naar de kantine staarde ze naar buiten. Londen was een te gekke stad. Tanja voelde zich er helemaal thuis. De straten, de mensen, de bussen en de metro... Ze was blij dat ze hier was komen wonen. Bij haar vader. Natuurlijk was haar vader niet altijd thuis. Hij was veel op reis, had afspraken en ging ook regelmatig stappen met zijn vrienden.

Maar dat vond Tanja niet erg. Ze was tenslotte zestien en kon best haar eigen boontjes doppen. Londen was een nieuwe kans. Een uitdaging waar ze reuze veel zin in had en ze was vastbesloten om er iets van te maken. Ze overwoog zelfs om een studie op te pakken. Zo sloeg ze twee vliegen in één klap: ze leerde iets én ze zou nieuwe mensen ontmoeten. Maar voorlopig wilde ze nog even genieten. Het was tenslotte vakantie.

'*All alone?*'

Tanja draaide zich om en stond oog in oog met William Robbins, een van de grootste zangers van Engeland. Ze hapte naar adem, slikte een keer en knikte.

William schoof een stoel naar achteren en kwam naast haar op de tafel zitten. '*Chairs suck.*'

Tanja glimlachte. Ze mocht die William wel. Ze stak haar hand uit. 'Tanja Coupe–' Heel even aarzelde ze. '*Tanja Tana, Parrots daughter.*'

William trok zijn wenkbrauwen omhoog. '*Aha, how lovely. I'm William.*'

'*I know,*' zei Tanja.

William grijnsde. '*Your dad's here in the studio?*'

Tanja knikte en vertelde dat zij na haar vader aan de beurt was. De verbaasde blik van William deed haar glimlachen. Ze vertelde van haar optreden in Rome, van de concerttour van haar vader en The Jeans en hoe de producer haar had voorgesteld om samen te zingen.

William luisterde aandachtig. '*So, you're good?*'

Wat verlegen keek Tanja de zanger aan. Zo goed vond ze zichzelf ook weer niet. '*I don't know,*' zei ze zacht.

William sloeg zijn arm om haar heen. '*I was thinking... Will you help me?*'

Nog voordat Tanja kon antwoorden, voelde ze een lichte druk op haar rug. Ze gleed van de tafel en even later werd ze door William meegesleurd door de gang.

'*Where are we going?*' vroeg ze.

'You'll see.'

Ze passeerden de studio waar Parrot aan het zingen was. Tanja herkende het nummer op de deur. William opende een andere studiodeur en trok Tanja naar binnen. De ruimte zag er precies zo uit als waar ze zojuist met haar vader had staan zingen. De geluidsmensen stonden met elkaar te praten achter het paneel met apparatuur.

William legde uit wat de bedoeling was. Van wat Tanja ervan begreep, wilde hij zijn nieuwste duet met haar inzingen. Ze waren er nog niet uit wie de vrouwenstem zou zingen op de cd. Tot die tijd had hij iemand nodig die hem hielp met de partijen.

'You want me to sing with you?' vroeg ze vol ongeloof toen William uitgesproken was.

De zanger knikte en knipte met zijn vingers. De muziekband werd aangezet en Tanja luisterde naar het nummer dat William al had ingezongen.

'Again,' gebood William toen het nummer afgelopen was. Opnieuw klonken de eerste tonen door de studio. Tanja neuriede de melodie mee. Haar stem volgde de muziek en hier en daar zong ze al mee. Met gesloten ogen concentreerde ze zich op het nummer.

William wachtte tot het nummer beëindigd was, waarna hij Tanja de songtekst in de handen duwde. *'Again.'*

Tanja las de tekst zachtjes mee, terwijl William zijn partij meezong. Het was een mooi nummer. Tanja genoot van het ritme en de cadans.

'Do you like it?' William straalde. *'It's good, isn't it?'*

Voor de vierde keer zette de muziek in. Nu zong Tanja zachtjes mee. Het was een eenvoudig opgezet lied, maar door zijn eenvoud erg mooi.

William klapte in zijn handen. Alle technici gingen op hun plek staan. William zette zijn koptelefoon op en gebaarde dat Tanja dat ook moest doen.

'Here we go,' riep hij. *'You can do it!'*

Tanja knipperde met haar ogen. Droomde ze dit? Stond ze hier werkelijk met William Robbins in de studio een duet te zingen? Moest ze niet in haar arm knijpen?

De muziek zette in en daar gingen ze. Tanja probeerde zo goed mogelijk mee te zingen. Hier en daar ging het nog wel mis, maar over het algemeen ging het zo slecht nog niet.

'*Great,*' riep William. '*Again.*'

Een lichtflits verblindde Tanja. Stond er nu iemand foto's te maken? Een van de geluidsmensen zwaaide naar haar met zijn camera. Ze zou hem straks haar e-mailadres geven. Kon hij de foto van haar en William mailen. Te gek!

Tanja keek op haar horloge. Zou haar vader al klaar zijn? Moest ze niet in de andere studio zijn? Niemand wist waar ze was.

Veel tijd om erover na te denken, kreeg ze niet. De muziek zette alweer in. Dit keer zong Tanja de partij uit volle borst mee. Het voelde heerlijk. Het nummer was haar op het lijf geschreven. Terwijl ze in de ogen van William keek, voelde ze haar lichaam gloeien. Dit was *heaven*. En wat klonk het geweldig.

Ze hijgde toen ze haar laatste noot had gezongen. Alle lucht leek uit haar longen te zijn weggezogen. Ze boog voorover en haalde diep adem door haar neus om vervolgens weer via haar mond uit te blazen. Toen ze opkeek, staarde ze in de glanzende ogen van William. Op de achtergrond klonk applaus. Daar stond haar vader!

Wat deed Parrot hier in deze studio?

Tanja rende naar hem toe. 'Sorry, ben ik te laat? Ik kom al!'

Parrot gaf zijn dochter een knuffel. 'Je klonk fantastisch. En zo te zien is William er reuze blij mee. Tanja draaide zich om en zag William bij zijn producer en geluidsmensen staan. Hij stak zijn duim op naar haar. Tanja zwaaide terug.

'We zochten je al,' legde Parrot uit. 'In de kantine zeiden ze dat je met William mee was naar de studio. Ik heb je horen zingen, geweldig! Jullie stemmen passen goed bij elkaar.'

De producer kwam naar hen toe gelopen en gaf Parrot een hand. *'Your daughter is great.'*

Parrot sloeg een arm om Tanja heen. *'I know.'*

Hij wees op zijn horloge en duwde Tanja in de richting van de deur. 'Je moet als de bliksem naar onze studio. Ze wachten op je.'

Tanja wurmde zich los uit Parrots omhelzing en verdween naar de gang.

'Ik kom zo,' riep Parrot nog, maar Tanja hoorde het al niet meer. Nu ging ze haar eigen nummer opnemen.

3

Monaco

Het vliegveld van Nice lag ten westen van de stad, pal aan de kust. Het water van de Middellandse Zee omsloot het schiereiland waarop de landingsbanen waren aangelegd.

De stem van de gezagvoerder klonk door de luidsprekers. 'Passagiers voor Monaco kunnen na de landing direct door naar gate 14. De helikopter wacht daar op u.'

'Kijk,' riep Tanja, die bij het raam zat en het vliegveld steeds dichterbij zag komen. 'Ik zie het strand van Nice.'

Joan en Hanna bogen over hun zus heen en probeerden een glimp op te vangen van de zuidkust van Frankrijk. Het vliegtuig draaide en toen zagen ze het ook. Een lang, uitgerekt strand langs de kust. De stad schitterde op de achtergrond. Nice lag pal aan de Middellandse Zee. Een brede boulevard scheidde de stad van het strand. Langs de boulevard, waar auto's af en aan reden, stonden strandtenten met hun eigen parasols en ligbedden.

'Dat zijn peperdure clubs,' wist Hanna. 'Daar komen alleen de rijke mensen. Super-de-luxe strandbedden, obers in pak die je drankjes komen brengen.'

'Ja,' lachte Joan. 'Prima, toch? Heb je tenminste geen last van al die vervelende –'

'Die vervelende wat?' reageerde Tanja gepikeerd.

'Zandkorrels,' maakte Joan haar zin af, maar haar gezicht betrok. 'Ik bedoel er niets mee, hoor! Gewoon, dat je dan wat rustiger en comfortabeler ligt dan op je handdoek.'

'Hmm.' Tanja ging recht in haar stoel zitten. 'Niks voor mij. Op het strand hoor je op een handdoek te liggen. Kuiltje duwen met je billen en dan heerlijk zonnen.'

'Het strand hier heeft geen zand,' legde Hanna uit. 'Het zijn allemaal keien.'

'Kuiltje duwen wordt dus niks.' Joan glimlachte. 'Vandaar die strandbedden.'

Monaco lag ten oosten van Nice. Het kleine stadstaatje had geen vliegveld, maar wel een helikopterlandingsplaats. Er was een regelmatige verbinding met Nice per helikopter. De vlucht duurde nog geen tien minuten. De meiden keken hun ogen uit toen ze langs de kustlijn van Zuid-Frankrijk vlogen. Van bovenaf zagen ze de prachtigste villa's, gelegen tussen de bergen en de zee. Meterslange jachten lagen voor de kust te dobberen en een enorm cruiseschip met wel tien verdiepingen voer met hen mee richting Monaco.

'Daar heb je Cap-d'Ail,' riep Joan. 'De haven van het paleis. Kijk, daar boven op die rotsen.'

'Paleis?' vroeg Tanja. 'Ze hebben toch geen koning hier?'

'Monaco is een prinsdom,' legde Hanna uit.

'En prinsen hebben ook paleizen.' Joan grijnsde. 'Vandaar.'

Tanja haalde haar schouders op. 'Allemaal kouwe kak. Geef mij maar een jongen van de straat.'

Joan trok haar jurk recht. 'Nou, een lekkere prins zou ik niet afslaan.'

Hanna wees naar het paleis boven op de rotsen. 'Wisten jullie dat het paleis al bijna achthonderd jaar oud is? In 1297 veroverde Francesco Grimaldi dit fort dat een heel belangrijke plek was voor de handel over zee. De familie Grimaldi woont er nog steeds.'

'Kon je het weer niet laten?' zei Tanja.

'Wat?'

'Met je neus in de boeken zitten! Je hebt vast een complete studie Monaco doorgewerkt voor vertrek.'

Hanna trok haar wenkbrauwen op. 'Daar is toch niets mis mee? Je wilt toch dingen weten over de geschiedenis van een land als je erheen gaat?'

'Ik niet, hoor. Ik hoef alleen maar te weten waar de lol is.'

Hanna besloot niet te reageren. Tegen zoveel onbenul kon ze niet op.

Er stond een auto met chauffeur voor hen klaar bij de helikopterlandingsplaats.

'Bonjour, mademoiselles,' begroette de chauffeur de meiden. In een mum van tijd lagen de koffers in de auto en konden ze instappen.

'Wow! Een Bentley Mulliner,' fluisterde Joan en ze streelde over de leren bekleding.

'Een wat?' siste Hanna.

'Een Bentley Mulliner Arnage Limousine. Hij wordt met de hand gemaakt en kost meer dan een half miljoen euro. Mijn vader heeft laatst een proefritje gemaakt... vandaar.'

'Wat?' Tanja streelde met haar hand over de leren bekleding van de achterbank. 'Een half miljoen euro?'

De chauffeur stapte in en manoeuvreerde de Bentley naar de enige weg die langs de grote haven liep.

'Iedereen kijkt naar ons,' siste Hanna, die in het midden zat.

'Ja, gewoon zwaaien,' zei Joan en ze wuifde naar de toeristen die langs de haven liepen. 'Ik voel me nu net een prinses.'

'Doe effe gewoon,' bromde Tanja. 'Ik schaam me dood. Een auto van een half miljoen... Weet je hoeveel kinderen je daarvoor kunt inenten tegen dodelijke ziektes?'

'Doe toch niet altijd zo melodramatisch,' riep Joan. 'Wen

er maar aan. We zijn in Monaco. *The land of the rich and famous.*'

Ze reden om de haven heen en stopten voor de ingang van een hotel.

'Weten ze wie je bent?' vroeg Hanna aan Joan toen ze de hal van het hotel in liepen.

'Eh, nee,' siste Joan. 'Tuurlijk niet. Mijn achternaam doet natuurlijk meteen denken aan oom Jurriaan. Die heet ook Van den Meulendijck. We zijn ingeschreven onder de naam Couperus... naar onze echte moeder. Goed, hè? Heb ik zelf bedacht.'

'Maar op mijn paspoort staat –' begon Hanna, maar verder kwam ze niet.

Een man in een strak pak met gouden knopen had de koffers in een soort trolley gezet en gebaarde dat ze zich konden inchecken.

'*La réception est là-bas, mademoiselle,*' zei hij beleefd, terwijl hij Hanna vriendelijk aankeek.

'Lekker koel hier,' zei Joan. Ze veegde het zweet van haar voorhoofd.

'Wat een hal,' siste Tanja. 'Een dikke negen. Zeg dat maar tegen je oom.'

Ze keken hun ogen uit. Alles was van lichtbeige marmer. Een mahoniehouten tafel met daarop een enorme vaas bloemen stond in het midden van de hal. Zowel links als rechts van hen ging de hal over in zitruimtes.

De receptie was schuin tegenover hen. De jongen achter de balie knikte hen vriendelijk toe. '*Bonjour.*'

De meisjes knikten.

'Lekker ding,' fluisterde Joan, en ze gaf de jongen een knipoog. 'Die geef ik een ruim voldoende. Zou hij croissantjes lusten?'

Hanna voelde haar gezicht rood worden. 'Hou op,' siste ze. 'We hoeven het personeel toch geen cijfers te geven, hoop ik?'

Joan glimlachte nog eens extra naar de jongen. 'Hij verstaat toch geen Nederlands. We zijn in Monaco, hoor! Daar praten ze Frans en hooguit wat Engels.'

Ze draaide zich om naar de jongen en legde haar reserveringsformulier op de toonbank.

'S'il vous plaît,' zei ze. *'Nous avons réservé.'*

De jongen nam de papieren aan en voerde de gegevens in zijn computer in. Voor een paar seconden klonk alleen het getik van het toetsenbord.

Joan leunde over de balie heen. 'Hmmm, als alle jongens hier zo knap zijn, dan boek ik verlenging,' fluisterde ze.

Hanna voelde haar hoofd nog roder worden. Zenuwachtig observeerde ze de jongen achter de balie, maar zo te zien had hij er inderdaad niets van begrepen.

'Hij is knap, ja,' gaf Hanna toe. 'En hij heeft mooie bruine ogen.'

Joan draaide zich om, zodat ze met haar rug tegen de balie leunde. 'Volgens mij vind je hem leuk. Zal ik vragen hoe hij heet?'

Hanna gaf haar zus een por in haar zij. 'Als je dat maar laat. Ik zit echt niet te wachten op gedoe met jongens. Ik ben al voorzien.'

'Ooo, Jaspertje,' fluisterde Joan. 'Wat ben je toch schattig trouw, zusje.'

'Mademoiselle Couperus?' vroeg de jongen en hij legde een papier voor Joan neer. *'Votre passeport, s'il vous plaît.'*

'Paspoort?' riep Joan verbaasd. 'Waarom heb je mijn paspoort nodig... *Pourquoi?'* vroeg ze lichtelijk in paniek.

De jongen wees op zijn formulier en op de kluis die achter hem in de muur was ingebouwd. Een waterval aan Franse woorden kwam de zussen tegemoet, maar de boodschap was duidelijk: hij moest het paspoort in bewaring nemen totdat ze het hotel weer verlieten en betaald hadden.

Hanna begreep meteen waarom Joan zo afwijzend reageerde. In haar paspoort stond de naam Van den Meulendijck. Als ze dat aan de jongen liet zien, zou meteen iedereen hier in het hotel weten dat ze familie was van de eigenaar, Jurriaan van den Meulendijck, en dat was niet de bedoeling. Ze moesten incognito in het hotel verblijven om alles goed te observeren. Zo hadden ze het afgesproken.

'Eh... *nous sommes des sœurs.*' Hanna legde de jongen uit dat ze zussen waren en vroeg of één paspoort voldoende was.

De jongen knikte. '*Oui. Un passeport ça suffit.*'

Hanna stootte Tanja aan. 'Hij wil een paspoort van een van ons,' zei ze. 'Geef jij je paspoort even, wil je?'

Tanja, die niets van het hele gesprek gehoord had omdat ze de hal aan het bewonderen was, keek verbaasd. 'Waarom?'

'Geef nou maar,' siste Hanna. 'Leggen we straks wel uit.' Tanja haalde haar paspoort tevoorschijn en legde dat op de balie. De jongen sloeg het paspoort open en checkte de naam.

'OK,' zei hij. '*Alors, vous êtes des sœurs?*'

'*Oui,* drie zussen,' lachte Hanna en ze merkte dat haar stem trilde. '*Les soeurs Couperus.*'

De jongen keek haar doordringend aan. Hanna voelde zich ongemakkelijk onder zijn blik. De bruine ogen van de jongen boorden zich recht in de hare. Als hij nu maar niet hun paspoort ook wilde zien. Hoe moesten ze uitleggen dat ze een drieling waren, maar alle drie een andere achternaam hadden? Hun echte moeder heette Couperus, maar alleen Tanja had die naam in haar papieren staan. Zij was nooit geadopteerd.

Voor een paar seconden hield hij haar blik gevangen.

'Hallo?' Joan wuifde met haar hand tussen Hanna en de jongen. 'Drukte er iemand op de pauzeknop?' Ze tikte met haar vinger op het paspoort dat de jongen nog in zijn handen had. 'Ik neem aan dat het zo in orde is?'

'Jazeker,' antwoordde de jongen, en hij sloeg van schrik zijn ogen neer. '*Excusez-moi,*' stamelde hij snel en hij legde een kamersleutel op de balie. *'Chambre numéro quinze.'*

Joans mond viel open. 'Jij spreekt Nederlands,' stamelde ze.

Hanna dacht dat ze uit elkaar zou spatten. Roder dan rood kon ze niet meer worden. Die jongen had alles gehoord en verstaan. Hanna's hersenen draaiden op volle toeren. Wat hadden ze gezegd? Moest ze nu ter plekke door de grond zakken van schaamte? O, help, als hij nu maar niet dacht dat...

De jongen slikte en stak zijn hand uit. 'Niet zo netjes van me, hè?' fluisterde hij. 'Ik ben Pieter... Pieter Klaessen. Ik kom uit Brussel en...'

'... en spreek dus Frans en Nederlands,' vulde Tanja aan. Ze schoot in de lach. 'Ik mag jou wel,' zei ze en ze keek naar Joan, die er wat beteuterd bij stond. 'Misschien dat mijn zus nu geleerd heeft om haar grote mond te houden.'

'De boodschap is duidelijk,' bromde Joan. 'Het wordt een zes-min.'

Pieter fronste zijn wenkbrauwen, maar vroeg niet verder.

'Ik heb een keer een meisje gekend,' ratelde Tanja verder. 'Die kwam ook uit Brussel. Jullie spreken Frans, maar leren ook Nederlands op school, toch?'

Pieter knikte opgelucht. Hij was zichtbaar blij dat het gesprek weer vlotte.

'Ja, ge hebt gelijk.'

Joan vergat haar boze bui en schoot in de lach. 'Ge... ge... ge zijt een echte Belg! Ge babbelt plezant.'

Hanna staarde wat verlegen voor zich uit. Ze had echt geen idee wat ze nu moest zeggen of doen. Ze griste de sleutel van de toonbank. 'Kunnen we naar onze kamer?'

'Kamer 15,' herhaalde Pieter in het Nederlands. 'Aan het eind van de gang linksaf. Met de lift naar de eerste verdieping. Ik wens jullie een fijn verblijf toe.'

'Gaan jullie mee?' Zonder nog iets te zeggen, liep Hanna de gang in. De jongen met de koffers en haar zussen volgden.

Zwijgend stapten ze in de glazen lift en even later betraden ze hun kamer. Joan gaf de jongen een fooi en toen de deur achter hem dichtviel, ploften ze op een bed.

'Cool,' riep Tanja. 'Een boxspring. Heb ik in Londen ook.'

Hanna liep naar het raam en opende de twee openslaande deuren. De warmte kwam als een klap naar binnen.

'Dicht!' riep Joan. 'Het is hier net zo lekker koel.'

'Hoe is het in Londen?' vroeg Hanna.

'Cool,' riep Tanja weer.

'Niks koel,' mopperde Joan. 'Dicht die deuren, Han.'

'Zeg, wat heb jij?' riep Tanja, die op haar ellebogen leunde en haar zus boos aankeek. 'Je bent al de hele reis chagrijnig.'

'Niks.'

Tanja kwam overeind. 'Je houdt mij niet voor de gek, zussie. Vertel op, wat is er?'

Joan keek van Hanna naar Tanja. 'Wat nou? Ga lekker uitpakken of zo. Let niet zo op mij.'

'Jij bent degene die moet uitpakken, hoor,' bromde Hanna. 'Wat zit er allemaal in die koffers?'

'Kleren en dingen die je nodig hebt hier.'

'Zoals?' Tanja keek oprecht verbaasd.

'Zoiets snap jij toch niet,' mompelde Joan.

Try me, reageerde Tanja en haar ogen stonden uitdagend.

'Meiden, kappen nu,' riep Hanna. 'We zijn allemaal moe van de reis en dan dat gedoe met die paspoorten.'

'Vond je hem leuk?' vroeg Joan opeens.

'Wie?'

'Onze Belg... Pieter.'

'Hoezo?'

Joan glimlachte en draaide met haar hoofd. 'Je werd rood.'

Hanna slikte. 'Ja, omdat ik bang was dat hij ook onze paspoorten zou vragen.'

'Verder niks?'

'Nee! Waarom zou ik? Ik...'

'... heb Jasper toch?' maakte Joan haar zin af. 'Natuurlijk. Jasper. Hoe kon ik ooit denken dat je nog naar andere jongens zou kijken nu je de prins op het witte paard hebt gevonden.'

'Doe niet zo flauw,' zei Hanna. 'Ik kijk heus wel om me heen, hoor!'

'Dus je vindt hem leuk?'

Hanna ritste haar sporttas open en haalde haar kleren eruit. 'Waarom denk je dat eigenlijk?'

Joan rolde op haar buik en leunde met haar hoofd in haar handpalmen. 'Ik denk dat jij smoorverliefd bent op die Pieter.'

'Doe effe normaal,' mompelde Hanna. 'Ik ken die gozer amper. Zo snel word ik niet verliefd, hoor. Dat jij je overal in stort, wil nog niet zeggen dat ik zo ben. Ik moet een jongen eerst leren kennen.'

'Ik zag de vonk overspringen,' ging Joan verder. 'Echt, jullie stonden elkaar zo aan te gapen.' Ze draaide zich om naar Tanja, die ondertussen haar toilettas binnenstebuiten keerde. 'Zag je het ook, Tanja?'

'Eh... wat moet ik gezien hebben?'

'Laat maar,' verzuchtte Joan. 'Jullie zijn af en toe net blinde paarden als het om jongens gaat.'

'Altijd nog beter dan een paard dat in alle sloten tegelijk loopt,' mompelde Tanja die naar de badkamer liep.

'Wow, een jacuzzi,' riep ze verbaasd. 'En een stoomdouche... of zoiets. Zeg maar tegen je oom dat de kamers een flinke negen krijgen.'

Hanna kwam in de deuropening naast Tanja staan. 'Deze badkamer is nog groter dan onze huiskamer,' stamelde ze.

'Niet zo moeilijk,' lachte Joan. 'Zelfs onze wc thuis is groter dan jullie huiskamer.' Verschrikt klemde ze haar lippen op elkaar. 'Oeps, sorry... dat was niet zo bedoeld. Ik bedoel, ik wilde een grapje maken... ik bedoel dat ik er echt niets...'

'Hou nou eens even je kop, wil je?!' riep Tanja.

Er viel een pijnlijke stilte.

'Denk eerst eens na voordat je iets zegt,' ging Tanja met kalme stem verder. 'Je maakt het alleen maar erger.'

'Sorry, ik...'

'Wat zei ik nou? Mond dicht!'

Hanna had al die tijd niets gezegd. Haar gezicht was spierwit en ze ademde onregelmatig. De stemmen van haar twee ruziënde zussen klonken ver op de achtergrond.

'Joan heeft gelijk,' fluisterde ze.

Het werd direct stil in de kamer. Hanna haalde diep adem en keek strak voor zich uit. 'Laat maar, Tanja. Joan heeft gelijk. We hebben gewoon een kleine huiskamer en...'

Tanja brieste. 'Maar dat hoef je toch niet onder iemands neus te wrijven? Ik vind...'

Hanna legde haar hand op Tanja's mond. 'Nu doe je precies hetzelfde. Je ratelt maar door.'

'Mpmhmph...' probeerde Tanja nog, maar Hanna liet niet los.

'Zie je wel,' mompelde Joan. 'Hanna is verliefd, toch, Tan?'

Hanna trok haar hand terug en Joan wierp een triomfantelijke blik naar Tanja, die haar schouders ophaalde. 'Sorry, maar ik kan jullie niet helpen. Ik heb niets met jongens. Of beter gezegd: jongens hebben niets met mij. Op de een of andere manier zien ze mij niet staan.'

'Vind je dat gek,' lachte Joan. 'Je ziet er niet echt sexy uit. Geen make-up, baggy kleren, haar dat alle kanten uit staat... Je doet er ook helemaal niets aan.'

'Ik ben zoals ik ben,' verdedigde Tanja zich. 'En zo moeten ze mij maar nemen. Ik ga me echt niet anders voordoen dan ik ben. Klaar, uit, basta!'

'Dan moet je ook niet zeuren.'

'Dat doe ik toch ook niet,' brieste Tanja. 'Hoor je mij zeuren? Nee! Jij zeurt. Ik...'

Een luide knal klonk. Hanna had de badkamerdeur dichtgegooid.

'Nou moe!' fluisterde Tanja. Ze voelde de deur nog na-trillen tegen haar rug.

'Laat haar maar,' zei Joan. 'Ze is een beetje in de war van die jongen en dat moet ze verwerken.'

Tanja liep naar haar rugzak die op bed lag. 'Ik geloof er niets van. Ze is veel te gek op Jasper.'

'Ja, en daarom is ze in de war.' Joan glimlachte. 'Ik zag het toch! Ze is smoor op die receptiegozer. Had je haar ogen moeten zien toen hij haar aankeek.'

Boos trok Tanja haar kleren uit de rugzak en propte die in de kast naast het bed. De lege rugzak smeet ze onderin.

'Jij moet later psychologie gaan studeren.'

'Hmm, misschien doe ik dat wel,' zei Joan. 'Ik heb inder-daad de gave om gevoelens van mensen in te schatten, vind je ook niet?'

'Nou en of... moet je doen!'

De sarcastische ondertoon in Tanja's stem en haar boze blik ontgingen Joan.

4

Ontmoetingen

'Goed idee om het zwembad als eerste te checken,' verzuchtte Hanna. Ze droogde zich af en spreidde het badlaken over de ligstoel. 'Lekker water. Ook goedgekeurd dus door het panel.'

'Koud,' mompelde Joan, die maar heel even had gezwommen en al lang en breed lag te zonnen. In de verte klonk een plons en gespetter. 'Het water mag van mij wel warmer.'

'Tanja vermaakt zich uitstekend,' zei Hanna. 'Een echte waterrat. Wil je wat drinken?'

Joan knikte. 'Ja, lekker, doe maar een colaatje.'

Hanna liep naar de kleine bar aan de rand van het zwembad. Het was niet zo heel druk in het zwembad. De meeste gasten waren naar het strand gegaan. Het hotel had een privéstrand net voorbij de haven. Zo'n vijf minuten lopen.

De meiden hadden besloten om deze dag rustig aan te doen. Ze waren alle drie vermoeid van de reis en wilden vanmiddag in het hotel blijven. Hanna bestelde twee cola, gaf haar kamernummer door en ging op een lege barkruk zitten wachten.

'Ook Nederlands?' hoorde ze een stem achter zich.

Hanna draaide zich om naar de oudere man die haar vriendelijk aankeek.

'Eh... Ja, hoe weet u dat?' vroeg ze.

De man lachte. 'Ik hoorde je net met je vriendin praten.' Hij wees naar Joan.

'O, u bedoelt mijn zus.'

De man bestelde een cocktail en een bier en zwaaide naar een mevrouw aan de overkant van het zwembad. De vrouw knikte en kwam naar hen toe.

'Ik ben Van Dongen,' zei de man en hij stak zijn hand uit. 'Zeg maar Sjaak.'

'Hanna,' zei Hanna. 'Hanna Ver... eh... Hanna Couperus.'

De vrouw kwam bij hen staan en stelde zich voor. 'Magda van Dongen.'

'Mijn vrouw,' stelde Sjaak haar voor. 'We zijn hier al een weekje en hebben nog lekker een paar daagjes voor de boeg, hè, schat?'

'Ben je hier alleen, kind?' vroeg Magda.

'Met haar zus,' legde haar man uit.

'Twee zussen,' verbeterde Hanna de man en ze wees op Tanja, die net een duik van de hoge duikplank nam.

'Wat gezellig,' riep Magda. 'Drie zussen. Ik heb geen zussen, weet je. Ik ben enig kind. Wel jammer, maar ik zit er niet mee, hoor.'

'Nee,' lachte Sjaak. 'We hebben vier kinderen gekregen, dus ze kon haar lol op.'

Hanna glimlachte beleefd. Ze had niet zo'n zin in dit gesprek. 'Zijn uw kinderen ook hier?' vroeg ze meer uit beleefdheid dan uit nieuwsgierigheid.

'Nee, kind. Onze kinderen zijn al volwassen. We zijn zo vrij als een vogeltje. En zo voelen wij ons ook, hè, moppie?'

Hanna slikte. Gets, wat een kleffe bedoening. Hier had ze dus helemaal geen zin in. Gelukkig bracht de barjongen de twee cola en kon ze met goed fatsoen afscheid nemen.

'Veel plezier nog!' riep Sjaak haar na. Hanna hief haar glazen cola en liep snel terug naar de ligbedden.

'Hollanders?' vroeg Tanja, die drijfnat aan kwam lopen en haar handdoek pakte.

'Ja, van die plakkers.'

'Heb je voor mij ook wat meegenomen?'

Hanna schudde haar hoofd. 'Nee, ik wist niet of je...'

'Nou, lekker dan.'

'Zal ik nog wat halen voor je?' stelde Hanna voor, maar haar gezicht straalde uit dat ze dat liever niet deed.

'Nee, laat maar. Ik haal zelf wel wat.'

Hanna glimlachte. 'Sterkte.'

Terwijl Joan en Hanna hun cola dronken, zagen ze Tanja bij de bar praten met het Hollandse echtpaar.

'Wat gaan we vanavond doen?' vroeg Joan, die haar lege glas naast het ligbed op de marmeren vloer zette. Een meisje in een wit schort kwam direct aangelopen en pakte het glas op.

'Geen idee,' antwoordde Hanna.

Tanja kwam terug met een glas cola in haar hand. Haar gezicht sprak boekdelen.

'Wat een geouwehoer om niets,' verzuchtte ze toen ze op haar ligbed ging zitten. 'Die ouwelui vervelen zich volgens mij dood. Kreeg ik een heel verhaal over de kinderen, de zaak die verkocht was, het huis dat nu te groot was, alle ouderdomskwaaltjes... blèh!'

Ze nam een slok van haar cola. 'Wist je dat die vent gisteravond drieduizend euro heeft gewonnen in het casino?'

Joan keek op. 'Dát gaan we doen vanavond. We gaan naar het casino!'

'Wat moet ik in een casino?' vroeg Hanna. 'Daar heb ik toch helemaal geen geld voor.'

'En geen kleren,' vulde Tanja aan.

'Kom op, dames,' drong Joan aan. 'We zijn in Monaco, en een van de belangrijkste attracties in dit land is het casino. Dus gaan wij vanavond naar het casino. Leuk!'

'Maar we zijn pas zestien,' ging Hanna verder. 'Je moet toch achttien zijn om naar binnen te mogen? Net als in Nederland.'

'Make-up doet wonderen,' lachte Joan.

'Ja, maar mijn paspoort kan ik niet opmaken.'

Joan zuchtte. 'Wat maken jullie toch overal een probleem van. Ik wil gewoon dat Monte-Carlo Casino zien. Je kunt niet in Monaco zijn geweest zonder dat je het Casino hebt bezocht.'

'Ja, maar...'

'Geen gemaar. Ik heb jullie tenslotte meegenomen hiernaartoe.'

'Dat wil toch nog niet zeggen dat wij moeten doen wat jij zegt?' riep Tanja, en haar stem sloeg over. 'Ik wil helemaal niet naar het casino. Allemaal opgeblazen patsers in dure auto's.'

'Hallo, we zijn in Monaco, hoor! Alles is hier *over the top*. Wen er maar vast aan! Ik wil dat casino zien en daarna gaan we gewoon naar een goede disco. Tenten genoeg hier.'

'Geen ruzie maken, dames.' Vriendelijk lachend liepen meneer en mevrouw Van Dongen langs de ligbedden van de drie zussen, op weg naar het hotel. 'Doen wij ook niet, hè, schatje?'

'Schatje, moppie, kroelkipje...' siste Tanja toen het echtpaar buiten gehoorsafstand was. 'Getver, ik hoop toch niet dat ik later zo'n kleffe vent krijg.'

'Zorg eerst maar eens dát je een vent krijgt,' zei Joan. 'En vanavond gaan we ervoor. Wist je dat er in dat casino heel veel beroemde mensen rondlopen?'

'Zoals Pino van Sesamstraat,' zei Tanja met een grijns. 'Of Danny de Vito? Nou, ik heb er zin in.'

Hanna keek op haar horloge. 'Hoe laat moeten we eigenlijk in het restaurant zijn?'

'Zeven uur,' antwoordde Joan. 'Later mag ook. Ik blijf nog even lekker zonnen.'

'Ik ga vast naar de kamer,' zei Hanna. 'Lekker douchen.' Ze pakte haar spullen en stapte in haar slippers. De pareo die ze op het allerlaatste moment nog gekocht had, bedekte haar lichaam van schouder tot knie.

'Vergeet Jasper niet de groeten te doen,' zei Joan.

'Hoe weet jij...' Hanna zweeg. 'Doe ik,' zei ze toen. 'Tot zo.'

Hanna knipperde met haar ogen toen ze de hotelhal binnenstapte. Het felle zonlicht had haar ogen behoorlijk verblind. Heel even bleef Hanna staan om te wennen aan het kunstlicht.

'Lekker gezwommen?'

Hanna keek recht in het gezicht van Pieter, die zojuist uit de lift stapte.

'Eh... ja, mooi zwembad.' Hanna voelde nerveus of de pareo nog wel goed vastgeknoopt zat.

'Mooi setje,' zei Pieter, en hij keek bewonderend naar Hanna. Hanna voelde zijn blik van boven naar beneden glijden en het was alsof er een ijskoude stroom lucht over haar huid gleed.

'Moet je niet werken?' vroeg ze, terwijl ze haar stem in bedwang hield. 'Rustig blijven,' maalde het door haar hoofd. 'Rustig blijven.'

'Jazeker,' antwoordde Pieter. 'Ik ben op weg. Mijn avonddienst begint straks; ik los Rowen af.' Hij wees naar de jongen die achter de balie stond. 'Rowen en ik verdelen de diensten. Dus als je mij niet ziet, dan is Rowen er... en andersom. Ik ga zo dadelijk een hapje eten en daarna mag Rowen. Hij is vanavond vrij... de bofkont. Kom, dan stel ik je voor.' Pieter trok Hanna mee naar de balie.

Hanna gaf Rowen een hand en mompelde iets onverstaanbaars. Ze knikte vriendelijk naar hem. Rowen was iets ouder dan Pieter zo te zien en lang niet zo knap.

'Rowen komt uit Ierland,' fluisterde Pieter en hij boog iets voorover. Hanna voelde zijn hete adem langs haar oor glijden. 'Verstaat dus geen Nederlands. Handig, als je je zussen wilt vertellen hoe mooi je iemands bruine ogen vindt.'

Hanna verbleekte. Hij had het gehoord. Hij had alles gehoord wat ze zeiden over hem tijdens het inchecken. Wat moest hij wel niet van haar denken? Dat ze uit was op een avontuurtje met hem? Nou, mooi niet! Ze kon heel goed haar grenzen stellen. En dat zou ze hem laten merken ook.

'Bedankt voor de tip,' zei ze zo koel mogelijk en ze liep in de richting van de lift.

Pieter liep met haar mee. 'Niet zo boos kijken, liefje.'

Hanna voelde haar hoofd rood worden. Ze keek helemaal niet boos. En waarom zei hij nu 'liefje'? Ze was zijn liefje niet. En dat was ze ook niet van plan te worden. Ze hield van Jasper. Stel je voor, zeg! Wat een arrogante kwast.

'Ik ben niet boos,' zei Hanna zo neutraal mogelijk en ze drukte op de liftknop. 'Ik ben moe.'

De deuren van de lift schoven open en Hanna wilde instappen, maar Pieter hield haar tegen.

'Heb je morgen wat te doen?'

Heel even stokte haar adem. Nog voordat ze kon antwoorden, ging Pieter verder.

'Heb je zin om samen –'

'Ik ga morgen naar het strand met mijn zussen,' zei Hanna iets te snel. 'Dus, nee!'

Ze drukte op de knop met de twee pijlen. De liftdeuren schoven langzaam naar elkaar toe. 'Dag,' zei ze nog. 'Werk ze!'

Met een klik sloten de liftdeuren zich.

'Gered,' fluisterde Hanna, die haar hart voelde bonken. De teleurgestelde blik in Pieters ogen stonden op haar netvlies gebrand. In een flits zag ze de blauwe ogen van Jasper, maar die werden direct verdrongen door de bruine ogen van Pieter.

Het was al druk in het restaurant. Door de openslaande deuren van de zaal konden ze zien dat bijna alle tafeltjes al bezet waren.

'Ik wil wel bij elkaar zitten, hoor!' zei Hanna.

Een meneer in een strak, zwart pak kwam naar hen toegelopen. *'Trois?'*

Hanna knikte.

De man liep naar een soort lessenaar en keek in een groot boek, mompelde wat en keek toen opgelucht. *'Deux minutes,'* zei hij met zware stem. Hij wees naar de bank achter zich.

'We moeten wachten,' zei Hanna. 'Minpuntje.'

'Wachten? Wachten?' siste Joan. 'Ik wil helemaal niet...'

Tanja greep haar arm. 'Niet doen!'

De mond van Joan ging geruisloos weer dicht. 'Wat nou?'

Tanja trok Joan mee naar de bank. 'Je bent hier incognito, weet je nog?'

Ze gingen naast elkaar op de bank zitten.

'Luister,' ging Hanna verder. 'Jouw oom betaalt een boel geld voor ons luxe spionagereisje. Hij verwacht zinnige informatie. We noteren gewoon dat je moet wachten bij het restaurant. Daar kan hij mee doen wat hij wil, toch? We moeten vooral geen aandacht trekken.'

'Moet jij zeggen,' mompelde Joan. 'Jij flirt meteen met de eerste de beste jongen die je hier in het hotel tegenkomt.'

'Dat is niet waar!' Hanna stond op. 'Ik vertel jou nog eens wat!'

Met een boos gezicht liep Hanna naar de andere kant van de hal, waar ze zogenaamd geïnteresseerd de schilderijen bekeek.

'Mademoiselles?' De meneer bij de deur wenkte hen dat ze aan tafel konden. *'Suivez-moi,'* zei hij en hij ging de zusjes voor naar hun tafel.

Een voor een schoof de man hun stoelen aan en knipte daarna met zijn vingers. Een meisje in een zwart jurkje en wit schortje voor kwam aangesneld.

'*Oui?*' Vragend keek het meisje hen aan.

'Of we wat willen drinken,' legde Hanna uit. 'Misschien moet je oom het personeel een cursus bedienen geven?'

Ze bestelden alle drie wat te drinken en het meisje nodigde hen uit langs het buffet te gaan. Tanja was de eerste die opstond. 'Ik heb honger als een paard. Gaan jullie mee?'

Hanna schoof haar stoel naar achteren. 'Mmm, ik heb ook best trek.'

'Ik kom zo wel,' zei Joan. 'Gaan jullie maar eerst. Ik let op de tassen.'

Terwijl Tanja en Hanna naar de andere kant van de eetzaal liepen waar het buffet stond, schoof Joan haar stoel iets naar achteren en sloeg haar benen over elkaar. De serveerster bracht de drankjes en Joan pakte haar glas witte wijn. Met één arm leunend op haar stoel, nipte ze aan haar wijn. Haar ogen waren strak gericht op één persoon links van haar. Dit kon niet waar zijn! Was hij het echt? Joan schoof haar stoel nog iets meer naar achteren. Onopvallend leunde ze opzij, zodat ze een beter zicht had op de man die aan een tafel verderop zat. Het haar, die schouders, de zijkant van zijn gezicht...

Er klonk gelach. De twee mannen en een vrouw aan dezelfde tafel hadden kennelijk plezier om iets wat hij had gezegd. Joan spitste haar oren om zijn stem te horen, maar het was te rumoerig in de eetzaal.

Ze zou toch zweren dat...

Op dat moment stond de man op en draaide zich om. Joan zat bevroren op haar stoel. Het was hem! Johnny Pedd uit Amerika. Een verschrikkelijk lekker ding en een geweldig acteur. Hij had pas nog een Oscar gewonnen voor zijn rol in *Take it or leave it*, een romantische komedie die Joan al drie keer gezien had. Niet dat ze zo van die slijmfilms hield, maar die Johnny was zo'n stuk. Daar had ze wel anderhalf uur gezwijmel voor over.

Snel bekeek Joan de andere gasten aan zijn tafel. Het waren stuk voor stuk bekende gezichten.

'Heel Hollywood zit hier,' fluisterde ze. 'Te gek!'

'*Another burger?*' lachte Johnny en hij wreef over zijn goddelijke buik.

Een van de vrouwen schudde haar hoofd. '*No, Johnny... don't. You're getting fat.*'

'*Just one,*' riep Johnny en hij liep in de richting van het buffet.

Joan stond op. Dit was haar kans. Ze kon onmogelijk blijven zitten nu. Heel even keek ze naar de drie tassen die aan hun stoelen hingen, maar toen liep ze achter Johnny aan.

'Hé, je zou op onze tassen passen?' Tanja kwam met een vol bord Joan tegemoet.

'Jij bent er nu toch?' zei Joan kortaf, terwijl ze doorliep.

'Wat een haast opeens,' riep Tanja nog, maar Joan reageerde niet meer. Haar blik was gericht op Johnny, die nu vlak voor haar stond en een bord van de stapel pakte. Haar schouder raakte Johnny aan.

'*Excuse me,*' zei ze en ze strekte haar arm om een bord te pakken. Johnny keek haar aan en glimlachte. '*Sorry, sweety,*' zei hij en deed een stap opzij.

Joan voelde haar hart in haar keel kloppen, maar probeerde niets te laten merken van haar opwinding. Ze stond naast Johnny Pedd en hij sprak met haar!

Johnny pakte een hamburger van het plateau.

'*Are they good?*' vroeg Joan en haar stem trilde.

'*Fantastic!*' antwoordde Johnny. '*Just like my mum used to make them.*'

Joan glimlachte. Ze hield helemaal niet van hamburgers. Veel te veel calorieën.

'*Come on, try one,*' drong Johnny aan. Zijn blauwe ogen keken haar uitdagend aan. Joan voelde hoe hij haar observeerde. Nu moest ze heel kalm blijven. Niet hysterisch doen. Juist niet. Sinds ze ervaring had met al die uitzinnige fans van haar vader, wist ze dat juist de gillende meiden irritatie opwekten. Ook sterren waren mensen. En hoe gewoner je deed, hoe meer aandacht je van ze krijgt.

'*No, thank you. I prefer fish,*' zei Joan, en ze wees op de heerlijke moten zalm die iets verderop lagen.

Er verscheen een brede grijns op het gezicht van de acteur. '*Too fat?*' Zijn ogen twinkelden. '*Don't worry, men don't like skinny bones... and you look perfect to me.*'

Joan sloeg haar ogen verlegen neer. Hij had haar te pakken. Alsof hij haar gedachten kon lezen. Maar hij moest niet denken dat ze zo'n anorexiagrietje was.

Ze keek op. '*Thank you, but I...*'

Johnny luisterde niet. Hij pakte de tang, klemde een hamburger vast en legde die op Joans bord. '*I'll make you the perfect hamburger. Watch me!*'

En terwijl Joan haar bord vasthield, schepte Johnny op. Gebakken uien, tomaten en uitgebakken spek en tot slot gleed er een spiegelei boven op de hamburger. '*There you are,*' zei hij triomfantelijk. '*Enjoy your meal.*'

Joan staarde naar de berg eten op haar bord en de plas vet waarin alles dreef. Haar maag draaide om. Dit ging ze echt niet opeten.

'*Here,*' zei ze en ze duwde het bord in Johnny's handen. '*You take it.*'

Tegelijkertijd trok ze het lege bord uit zijn handen. '*I make my own decisions.*'

Onder de verbaasde blik van Johnny schepte ze een stuk zalm op met wat gekookte groenten en rijst.

'*Hey, I like you,*' riep Johnny en hij propte een sliert ui in zijn mond.

'*Thanks... goodbye.*' Joan draaide zich om en liep terug naar haar tafel. Ze wist dat Johnny haar nakeek. Niet door hysterisch te doen... nee, integendeel.

'Wat loop je raar?' Tanja schoof Joans stoel naar achteren, zodat ze kon gaan zitten.

'Raar?'

'Ja, anders. Het was net of je met je kont heen en weer ging tijdens het lopen.'

'Zo loop ik altijd.'

'Let op, zwenkt uit,' lachte Tanja, die weer verderging met eten. 'Die kaasburgers zijn prima,' zei ze met halfvolle mond. 'En dan die champignonsaus... verrukkelijk.'

Op dat moment kwam Johnny teruggelopen naar zijn tafel. Joan zag hem in haar ooghoeken aankomen en schoof haar stoel iets naar achteren. Nu moest blijken of haar tactiek werkte. Beheerst stak ze een stukje vis in haar mond. Hij was vlakbij.

'*Excuse me,*' hoorde ze zijn stem achter haar.

Joan keek quasi-verbaasd op. '*Oh, I'm so sorry.*' Ze schoof haar stoel een stukje naar voren.

'*Is the fish good?*'

'*Excellent.*' Joan draaide haar rug naar Johnny toe en schoof een nieuwe hap op haar vork. '*Thank you.*'

Johnny aarzelde. Joan voelde haar rug warm worden. Johnny Pedd stond vlak achter haar en hij zocht woorden om haar aan te spreken. Heel even kruiste haar blik die van haar zussen. De opgetrokken wenkbrauw van Tanja zei genoeg. Joan gaf haar zussen een knipoog en ging rustig door met eten. Tanja en Hanna volgden haar voorbeeld. Een paar seconden klonk alleen het getik van bestek.

Joan wist dat ze nu een groot risico nam. Ze kwam wel erg ongeïnteresseerd over. Maar de wijze lessen van haar vader over opdringerige fans had ze goed in haar oren geknoopt. Ze moest nu doorzetten. Misschien moest ze Johnny een beetje helpen?

Met haar elleboog schoof ze haar servet van tafel en ging door met eten. Johnny bukte zich en raapte het servet op. '*You dropped it,*' zei hij zacht en zijn gezicht was nu vlakbij.

Joan nam het servet aan en glimlachte. '*Thank you.*'

Johnny stak zijn hand uit. '*I'm Johnny,*' zei hij.

Joan schudde zijn hand. *'I'm Joan.'*

Heel even hielden ze elkaars hand vast, maar het was genoeg voor Joan om te smelten. Ze verstevigde haar greep en nam zich voor om hem nooit meer los te laten.

'Hey, Johnny...' Een schelle vrouwenstem klonk door de eetzaal. *'Don't flirt with those little girls.'*

Johnny liet Joans hand los, gaf haar een knipoog en liep terug naar zijn tafelgasten.

Beledigd smeet Joan haar servet op tafel. *'Little girls...* wat denkt dat mens wel? Dat we kleuters zijn?'

'Is dat Johnny Pedd?' vroeg Hanna. 'Die van...'

'Ja,' antwoordde Joan. 'Is-ie niet heerlijk? We hebben gepraat bij het buffet en volgens mij vindt hij mij leuk. Hij heeft zelfs een hamburger voor me klaargemaakt.'

'Jij bent gek,' mompelde Tanja. 'Wat moet je met zo'n over het paard getilde gozer? Denk je nou echt dat hij alleen op jou valt? Tuurlijk niet. Die jongen kan iedere meid krijgen die hij wil. Denk eens na, Joan! Je weet hoe het gaat. Parrot heeft...'

'Dat weet ik ook wel,' viel Joan haar in de rede. 'Daarom ook. Ik weet hoe het werkt.'

Ze keek naar Johnny, die bezig was zijn hamburger te verorberen. Zijn tafelgenoten waren luidruchtig in gesprek. 'Ik voel gewoon dat wij samen wat hebben. Een klik... iets bijzonders.'

'Aha, je bent nu ook paranormaal begaafd,' lachte Tanja. 'Fijn, kun je meteen voorspellen wat ik vanavond in moet zetten bij de roulette: één of twee euro.'

Joan fronste haar wenkbrauwen. 'Zo weinig? Ben je gek! Dat casino neemt alleen maar briefjes aan... en dan heb ik het niet over briefjes van vijf euro. Je moet toch minstens honderdjes inzetten en dat is nog erg armoedig, hoor.'

Joan moest lachen om de verschrikte gezichten van haar zussen. 'Geen paniek. Je kunt ook gewoon kijken. En dat is precies wat wij gaan doen. Lekker kijken naar de rijken...'

Het eten verliep verder rustig. Ze namen alle drie nog een overheerlijk dessert en maakten kennis met Rowen, die aan een tafeltje apart zat te eten. Hanna moest haar zussen met een rood hoofd bekennen wat er vanmiddag in de hal gebeurd was.

'Zie je wel,' zei Joan toen ze Rowen een hand hadden gegeven en weer aan hun tafel zaten. 'Die Pieter heeft een oogje op je.'

'Geen interesse,' zei Hanna.

'Jasper?' opperde Joan.

Hanna knikte. 'Ik ben nu eenmaal een trouw typje. Ik zou het mezelf nooit vergeven als ik hier met Pieter iets begon, terwijl Jasper thuis zit te wachten. Hij vertrouwt mij... en ik hem. Zoiets is goud waard, toch?'

'Jij zegt het, zus,' zei Joan. 'Maar volgens mij vind je het best moeilijk. Die Pieter is een lekker ding.'

'Ik zeg ook niet dat het makkelijk is,' reageerde Hanna fel.

'Laten we er maar over ophouden,' verzuchtte Tanja. 'Al dat geleuter over jongens. Geniet liever van die lekkere toetjes. Ik ga nog een chocolademousseje halen, hoor.'

Terwijl Tanja naar het buffet liep, stopte Joan het laatste stukje appel in haar mond. 'Die groeit nog eens dicht.'

5

Een date

'Ik dacht altijd dat Monte-Carlo een stad was,' zei Joan toen ze op het bordes van het Casino stonden. 'Maar het is maar een plein. Een hotel, wat winkels en een casino... dat is dus Monte-Carlo. Valt me tegen.'

De drie meiden stonden naast elkaar en genoten van het uitzicht. Het plein voor het casino was werkelijk schitterend. Prachtig aangelegde stukken grasveld, omrand met bloemen en hier en daar een palmboom, vormden met elkaar een cirkel. Tussen de gazons door kon je wandelen. In het midden stond een fontein die waterstralen in een wijde boog in een vijver spoot. De waterstralen leken net een parasol van water.

'Dit noemen ze ook wel de tuinen van het Casino,' wist Hanna.

'Ga verder,' zei Tanja, die al aanvoelde dat Hanna meer wist.

'Willen jullie het echt weten?' vroeg Hanna nog. Ze wist dat haar leergierigheid niet altijd gewaardeerd werd door haar zussen.

'Als je het kort houdt,' lachte Joan. 'Ik ben namelijk meer geïnteresseerd in de mensen binnen, dan de bloemetjes buiten.'

Hanna schraapte haar keel en begon te vertellen. 'Het casino van Monaco ligt in de wijk Monte-Carlo, ook wel 'de gouden vierhoek' van het Prinsdom genoemd. In 1863 kreeg een succesvol zakenman, genaamd François Blanc, de rechten van het stuk grond net buiten de haven van Monaco. Er werden in korte tijd drie prachtige gebouwen neergezet: het Casino in 1863, het Hotel de Paris in 1864 en het Café de Paris in 1868. Op vorstelijk bevel van Prins Charles III werd deze buurt op de eerste juni van 1866 officieel de naam Monte-Carlo gegeven.'

Hanna wees naar het gebouw links van hen. 'Dat is het Hotel de Paris, hartstikke duur, maar dan heb je ook wat. En dat...' Ze wees naar het gebouw aan de rechterkant van het plein. 'Dat is Café de Paris, een plek waar beroemdheden al jarenlang komen. Alle drie de gebouwen zijn gerenoveerd in de oude stijl. De kosmopolitische stijl, zeg maar.'

Onder de indruk van Hanna's kennis liepen de meisjes de trap op. De uitsmijters bij de ingang van het Casino knikten vriendelijk toen ze de eerste hal in liepen.

Vol bewondering bleven ze in het midden van de hal staan. Voor hen waren drie doorgangen in de vorm van bogen. Boven de buitenste ingangen hingen prachtige lampen. Boven de middelste doorgang hing een klok. Het was tien uur precies.

'De garderobe,' zei Hanna en ze wees naar links. 'Verplicht,' voegde ze eraan toe. 'Je moet je tas en jas afgeven, en je mag ook geen foto's maken binnen.'

'En mijn mobiel?' vroeg Joan.

'Ook afgeven,' zei Hanna. 'Ze zijn heel streng op de privacy. Als je eens wist hoeveel bekende mensen hier komen. Die zitten echt niet te wachten op fotografen.'

Nadat ze hun tassen en jassen hadden afgegeven, mochten ze doorlopen naar de tweede hal.

'Getver!' Joan wees naar een standbeeld van een vrouw die een been in haar armen droeg.

'Da's kunst,' zei Hanna. 'Die vrouw...'

'Laat maar zitten. Ik wil het niet weten,' gruwde Tanja. Ze draaide zich snel om. Links in de hal stond een oude brievenbus. 'O, kijk! Daar kun je je ansichtkaarten laten versturen met poststempel van het Casino.'

Aan weerszijden van de hal was een trap naar boven. De rode lopers op de trappen zagen er nog als nieuw uit. Voor de trappen hing een bordje VERBODEN TOEGANG.

'Geen wonder dat die lopers nog nieuw lijken,' zei Tanja.

Bij de kassa die zich aan de zijkant bevond, probeerden ze entreekaarten te krijgen, maar Joan moest teleurgesteld constateren dat haar zussen gelijk hadden: ze kwamen er niet in. Ze mochten wel nog een hal verder doorlopen om het gebouw te bezichtigen.

De derde hal bevond zich achter de marmeren pilaren en was veel groter en hoger. Ademloos keken de meiden naar het plafond dat vele meters boven hen uittorende. Het dak bestond uit glas-in-loodramen. Een trap naar boven leidde naar de balustrade die rondom liep.

Links van de hal stond een portier bij een houten deur. Af en toe kwamen er nieuwe gasten binnen.

'Dat is de ingang,' zei Joan. 'Zullen we hier een tijdje blijven staan om te kijken wie er allemaal naar binnen en naar buiten gaan?'

Hanna en Tanja keken bedenkelijk, maar zeiden niets.

'Een halfuurtje?' smeekte Joan. 'Misschien zien we wel een beroemdheid.'

'Als we jou daarmee een plezier doen,' verzuchtte Tanja. 'Maar niet langer.'

Ze liep naar een bank aan de zijkant van de hal. 'Roep maar als het halfuur om is.'

Hanna wees naar het bordje TOILETTEN. 'Ik ga even plassen.'

'Nou, jullie leven je echt in,' mopperde Joan. Op dat moment zag ze een groepje mensen de hal in lopen en ze herkende Johnny Pedd direct.

Shit, dacht Joan. Hij mag me niet zien. Dan weet hij meteen dat ik nog geen achttien ben. Ze draaide zich om en liep zo onopvallend mogelijk naar de grote pilaar achter de bank.

'Hé, Joan, waar ga jij naartoe?' riep Tanja. 'Kijk eens wie daar aankomt. Je weet wel, die acteur uit het hotel. Hoe heet hij ook alweer?'

Het ruwe stemgeluid van Tanja galmde door de hal en een aantal mensen keek in haar richting. Ook Johnny merkte haar op. Zijn blik gleed van Tanja naar Joan, die de pilaar niet op tijd bereikte.

'Hey, Joan!'

Joan bleef staan. Johnny riep haar. Ze herkende zijn stem. Hij had haar gezien. Nu moest ze wel terug. Joan haalde diep adem, draaide zich om en liep terug naar de bank.

'Hi,' zei ze en ze stak haar hand op. 'Loop door,' klonk het in haar hoofd. 'Alsjeblieft, loop door!'

Maar haar gebed werd niet verhoord. Johnny gebaarde zijn gezelschap dat ze vast naar binnen konden gaan en liep naar hen toe. Een vuile blik van Joan richting Tanja was het gevolg. 'Lekker subtiel,' beet Joan haar zus toe.

Het verongelijkte gezicht van Tanja was bijna geloofwaardig, dacht Joan. Maar ze wist beter. Tanja deed nooit zomaar iets 'per ongeluk'. 'Wat moet ik nu zeggen?' beet ze haar zus toe. 'Hoi, Johnny, ik mag niet naar binnen, want ik ben nog geen achttien jaar?'

'Maak je niet druk,' zei Tanja, terwijl ze Johnny dichterbij zag komen. 'Hij vind je misschien echt leuk. Dit is je kans en zoals je zelf altijd zegt: grijp die!'

Johnny knikte Tanja gedag en richtte zich tot Joan die nog steeds achter de bank stond. *'You're leaving already?'*

Joans gedachten gingen razendsnel. Dat was het. De oplossing diende zich als vanzelf aan. Ze waren al klaar en stonden op het punt te vertrekken!

'Yes,' antwoordde ze zo rustig mogelijk. *'We're waiting for*

our sister Hanna. She's gone to the bathroom.'

'*And... won something?'*

Joan schudde haar hoofd en legde uit dat ze niets gewonnen hadden. Zo te zien geloofde Johnny haar.

'*Any plans for tonight?'* vroeg Johnny.

Joan haalde haar schouders op. Echt plannen hadden ze nog niet voor vanavond.

'*Dancing,'* mengde Tanja zich in het gesprek. De por in haar rug van Joan hield haar niet tegen om verder te gaan. '*We're looking for a place to go out. You're familiar here in Monaco?'*

Johnny dacht even na. '*Wait,'* zei hij toen en hij spurtte richting het Casino. '*Don't move,'* riep hij nog voordat hij in de speelzaal verdween.

'Wat doe je nou?' beet Joan haar zus toe en ze plofte op de bank naast Tanja.

'Jou helpen met je date,' antwoordde Tanja. 'Lukt aardig, vind je niet? Wedden dat hij ons zo dadelijk mee uit neemt naar een te gekke club?'

Joan liep rood aan. 'Ik schaam me rot.'

'Welnee, niet doen! Slecht voor je hart... als je er een hebt, tenminste.'

Hanna kwam aangelopen en keek haar zussen onderzoekend aan. 'Heb ik wat gemist?'

Er viel een stilte.

'Nou? Vertel op... Ik zie toch dat er wat is.'

'Tanja is weer eens bezig,' mompelde Joan.

'En ze vindt het maar al te leuk,' vulde Tanja aan. 'Ik heb waarschijnlijk een bezoekje aan een hippe club voor vanavond geregeld.'

Hanna fronste haar wenkbrauwen. Tanja legde uit wat er gebeurd was. 'En nu wachten we tot hij terugkomt,' besloot ze haar verhaal.

Hanna keek naar de ingang van de speelzaal. 'En als hij niet terugkomt?'

'Hij komt terug,' zei Tanja. '*Mark my words...* dat is Engels,' voegde ze eraan toe.

Ze staarden alle drie naar de deur van de speelzaal.

'Hé, is dat niet die Rowen van de receptie?' merkte Hanna op toen ze een jongen naar buiten zag komen. 'Zo te zien heeft hij behoorlijk wat gewonnen.'

De drie meiden zagen hoe Rowen een overvolle portemonnee in zijn broekzak duwde en naar de uitgang liep.

'Bingo!' riep Tanja en ze stootte Joan aan. 'Johnny-alarm.'

Drie paar ogen richtten zich op de deur van de speelzaal. Tanja had gelijk. Johnny kwam eraan. In de middelste hal schreeuwden een paar meisjes die de acteur herkenden. 'Johnny, Johnny!'

Johnny zwaaide even en liep toen snel door naar de drieling. '*Arranged,*' zei hij. '*You can come with me.*'

Een beetje verbouwereerd keken de meiden hem aan.

'Hij wil dat we meegaan,' vertaalde Tanja.

'Ik dacht het niet,' zei Hanna. 'Ik ga niet met een wildvreemde vent mee.'

Joan aarzelde en Johnny fronste zijn wenkbrauwen. '*You wanted to go to a hot spot, right? Let's go then. My chauffeur is waiting.*'

'Ik vertrouw die vent voor geen meter,' zei Hanna en ze glimlachte vriendelijk naar de acteur.

'Een beetje lol trappen kan geen kwaad, toch?' zei Tanja. 'Met zijn drieën kunnen we hem wel aan, hoor. Ik heb een goede rechtse.'

'Daar gaat het niet om,' antwoordde Hanna. 'Wie weet waar hij ons mee naartoe neemt.'

'Daar komen we zo achter,' zei Tanja en ze richtte zich tot Johnny. '*Where are you taking us?*'

'*Surprise,*' lachte Johnny.

'Verrassing,' vertaalde Tanja nogal overbodig.

'Ja, ha, ha, dat hoor ik ook wel,' siste Hanna . 'Ik hoef geen *surprise*. Gaan jullie maar met hem mee. Ik ga naar het hotel terug. Lekker slapen.'

'Jeetje, wat saai!' riep Tanja.

'En flauw,' vulde Joan aan. 'Je laat ons gewoon stikken.'

Hanna had haar besluit genomen. 'Ik heb absoluut geen zin om met een of andere maffe filmster de bloemetjes buiten te zetten. Ik heb genoeg verhalen gelezen in de roddelbladen over dit soort types.'

Nu was het de beurt aan Joan om verongelijkt te kijken. 'Je weet net zo goed als ik dat al die verhalen sterk overdreven zijn. We hebben er middenin gezeten. Weet je nog hoe kwaad je was toen wij in de bladen stonden? En er was niets van waar. Uitgerekend jij zou beter moeten weten. Met al je intelligentie kun je dat niet bedenken? Of ben je gewoon bang voor een beetje lol?'

'Jullie doen maar, maar ik heb jullie gewaarschuwd.' Met grote stappen liep Hanna de hal uit.

Johnny had het gesprek proberen te volgen, maar was niet ver gekomen. *'Is she angry?'*

'Yes,' zei Tanja. *'Her period.'*

Joan schoot in de lach. 'Ze is helemaal niet ongesteld, tut!'

'Ik moet toch iets zeggen?'

Johnny knikte begrijpend. *'Okay, let's go.'*

'Wil je dat ik meega?' fluisterde Tanja. 'Of wil je hem voor je alleen vanavond? Ik kan ook opeens verschrikkelijke hoofdpijn krijgen.'

Joan greep Tanja's arm. 'Meegaan,' siste ze. 'Je kunt altijd nog naar het hotel gaan.'

Gearmd liepen ze achter Johnny aan.

Naast het bordes was een aantal parkeerplaatsen. Bij het betreden van het Casino hadden ze al gezien dat er behoorlijk luxe wagens stonden geparkeerd.

'Are your guests also coming?' vroeg Joan.

'No, just the three of us.'

Joan kneep in Tanja's hand en glimlachte.

'Ik kan nog weg, hoor,' fluisterde Tanja.

'Ben je gek,' antwoordde Joan. 'Eerst eens even kijken wat hij wil.'

Johnny liep in de richting van een witte limousine.

'We gaan toch niet...' begon Tanja, maar ze kon haar zin niet afmaken. Johnny hield de achterdeur van de Lincoln al open en gebaarde dat ze konden instappen.

'*Ladies*,' zei hij. '*After you.*'

Joan stapte als eerste in, op de voet gevolgd door Tanja.

'Het lijkt wel een bioscoop hier,' zei Joan, die doorschoof naar het andere raam. Tanja kwam naast haar zitten.

'Kijk, een bar,' merkte Joan op. 'Met koelkast. Ik lust wel een glaasje.'

'Zouden ze ook bier hebben?'

Johnny gaf de chauffeur instructies en stapte toen ook zelf in.

'Ik geloof dat ik droom,' mompelde Joan.

Langzaam draaide de limousine het plein op.

Hanna groette de portier van het hotel en stapte de draaideur in. Door het glas zag ze Pieter achter de balie staan telefoneren. Ook dat nog, bedacht ze. De deur draaide een extra rondje. Ze zou nooit ongemerkt naar de lift kunnen komen.

Op dat moment stapten meneer en mevrouw Van Dongen uit de lift. Ze liepen naar de receptie. Achter hen duwde een jongen een kar met koffers.

Hanna waagde het erop. Pieter was voorlopig wel even zoet. Rustig liep Hanna de hal in.

De stem van mevrouw Van Dongen schalde door de ruimte. 'En ik zei nog zo tegen Sjaak, we moeten ons huis beveiligen. We zijn vaak op reis. Maar nee, hoor! Sjaak is zo'n lieverd. Hij denkt dat alle mensen goede bedoelingen hebben. Nou, dat is echt niet zo. Ik zeg altijd maar zo: vertrouw niemand. En net nu we hier op vakantie zijn. Het lijkt wel of die dieven het erom doen.'

'Het spijt me enorm,' zei Pieter. 'Ik zal zo snel mogelijk de rekening opmaken. Hoe laat gaat uw vlucht?'

'Over exact drie uur, dus een beetje opschieten, jongeman. De politie in Nederland wacht op ons.' Mevrouw Van Dongen bleef maar doorratelen en Hanna zag dat Pieter flink verlegen zat met de situatie. Ze kreeg zelfs een beetje medelijden met hem.

'Kan ik ergens mee helpen? Ik bedoel... ik hoorde dat u naar huis moet?'

Mevrouw Van Dongen richtte zich nu volledig op Hanna. Er was geen ontkomen meer aan. Hanna zag Pieter naar haar glimlachen. Hij was allang blij dat hij van de vrouw verlost was. Hanna nam de vrouw mee naar de bank die tegen de muur stond.

'Er is ingebroken, liefje,' legde mevrouw Van Dongen uit. 'In ons huis in Nederland. Verschrikkelijk. Alles schijnt weg te zijn.'

Minutenlang luisterde Hanna naar mevrouw Van Dongen. De woorden golfden over haar heen. In haar ooghoeken zag Hanna dat Pieter de rekening met meneer Van Dongen geregeld had.

'Ik denk dat uw taxi klaarstaat,' onderbrak Hanna de vrouw. 'Ik wens u veel sterkte.'

Meneer en mevrouw Van Dongen liepen gearmd naar buiten, waar hun taxi stond te wachten.

'Dankjewel,' zei Pieter.

'Graag gedaan,' antwoordde Hanna. 'Ik liep toevallig langs.'

'Waar zijn je zussen?'

'Uit.'

'Moest je niet mee dan?'

'Nee, vanavond niet. Ik ga lekker slapen. Tot morgen.'

Pieter kwam achter zijn balie vandaan en versperde Hanna de weg naar de lift. 'Mijn dienst zit er zo op. Als Rowen komt, ben ik vrij.'

Hanna keek wat onnozel. 'Rowen verliet net voor mij het Casino,' merkte ze op. 'Hij zal zo wel komen.'

Pieter pakte haar arm. 'Ga met me mee uit.'

De vraag overviel Hanna.

'Ik laat je Monaco zien. Echt, je zult er geen spijt van krijgen.'

Hanna probeerde zijn blik te ontwijken. Pieters ogen keken lief... te lief.

'Ik heb een vriend,' flapte ze eruit. 'Thuis, in Nederland.'

Pieter leek niet onder de indruk. 'Nou en? Daarom kan ik je toch Monaco wel laten zien? Zie mij maar als je persoonlijke gids.'

Hanna twijfelde. Ze had net haar zussen in de steek gelaten, omdat ze moe was. Als ze nu ging stappen met Pieter...

'We maken het niet laat en ik breng je weer veilig thuis.'

'Voor twee uur,' zei Hanna en ze wist dat ze verloren had.

'Afgesproken.' Pieter grijnsde. 'Ik wist wel dat ik je zou overtuigen met mijn mooie bruine ogen.'

Hanna gaf Pieter een duw. 'Jij arrogante, opgeblazen...'

Lachend verdween Pieter weer achter de balie. 'Zeg niets waar je later spijt van krijgt.'

Hanna leunde tegen de balie en keek toe hoe Pieter de rekeningen van die avond opruimde.

'Sneu voor meneer en mevrouw Van Dongen,' zei ze.

Pieter knikte. 'Gebeurt veel, hoor! We hebben afgelopen maand al vier kamers eerder moeten afboeken in verband met een inbraak thuis. Het lijkt wel of het dievengilde ruikt dat je op vakantie bent.'

'Ik heb eens ergens gelezen dat je nooit je adres op je koffer moet zetten. Er schijnen mensen op vliegvelden rond te lopen die de adressen van vakantiegangers noteren en doorgeven aan hun collega-inbrekers.'

'Als ze willen, komen ze toch wel te weten of je wel of niet thuis bent,' zei Pieter. 'Reisbureaus, hotels, verzekeringsmaatschappijen, krantenuitgevers... ze weten allemaal dat je op vakantie gaat. Daar is geen beginnen aan. Het beste is om je huis te beveiligen, of er iemand zolang te laten logeren.'

Nadat Pieter zijn spullen had opgeruimd, kwam Rowen de hal binnenstappen.

'*Tu es en retard,*' riep Pieter. '*Cinq minutes.*' Hij wees op de grote klok aan de muur.

Rowen gaf Pieter een klap op zijn schouder. '*Relax, man.*'

Pieter overhandigde hem de map met reserveringen, gaf de laatste berichten door en liep toen naar Hanna. 'Ik ben zover, dame.'

Ze liepen naar de draaideur.

'Gaan we lopen?' vroeg Hanna, terwijl ze naar haar open schoenen keek. 'Dan moet ik even andere schoenen aandoen.'

'Lopen? Nee, natuurlijk niet. We pakken de motor.'

'Motor?' Hanna verbleekte. Ze vond haar eigen fiets al hard genoeg gaan.

'Wacht maar tot je hem ziet,' ging Pieter enthousiast verder. 'En ik heb een jack en helm voor je. Ik laat je alle leuke plekjes van Monaco zien.'

6

Niet verliefd

'Goedemorgen, Monaco!'

Tanja rukte de gordijnen open en het felle zonlicht stroomde de kamer in. Er klonk gebrom vanonder een van de dekbedden. Blonde haren piekten omhoog. 'Eh... wat... wie...'

Joan trok haar dekbed verder over haar hoofd. 'Ik wil nog slapen.'

Tanja opende de deuren naar het balkon. 'Niets daarvan. We zouden naar het strand gaan. Jij hebt je lolletje gehad vannacht, nu ben ik aan de beurt.'

Een luid gekreun was de enige reactie. Joan verdween weer onder haar dekbed. 'Nog even,' smeekte ze.

Tanja stapte het balkon op. De haven van Monaco lag er schitterend bij. In de verte voer een groot cruiseschip de Middellandse Zee op. Tanja rekte zich uit en geeuwde. 'Je kunt op het strand ook bijslapen. Kom op, dames. Uit de veren!'

Joan rolde onder haar dekbed vandaan op het hoogpolige tapijt. 'Oké, oké, omdat jij het bent.' Ze kroop naar de badkamer. 'Geef me even drie uur, ja.'

'Tien minuten,' riep Tanja. 'Hanna moet ook nog douchen en ik heb honger.' Ze zuchtte. 'Ik lust wel tien croissantjes.'

'Jij groeit nog eens dicht.'

'Welnee, ik beweeg gewoon veel. Moet je ook eens proberen.'

'Wat?'

'Bewegen... je weet wel...' Tanja spreidde haar benen en stak haar armen in de lucht. Op haar plaats maakte ze sprongen, waarbij haar benen afwisselend gespreid en gesloten werden. 'En één, twee, drie, vier... en één, twee, drie, vier...'

'Hou maar op,' riep Joan. 'Ik word al moe als ik ernaar kijk. Ik houd het wel op yoghurt en fruit.'

'Jouw keuze,' lachte Tanja. 'Schiet nou maar op, dan maak ik Hanna wakker.'

Tanja liep naar het bed van Hanna. 'Hee, luilak, je slaapt al twaalf uur aan één stuk door. Word eens wakker. We gaan naar het strand.'

Geen reactie.

Tanja trok het dekbed naar achteren en staarde naar een oogverblindend wit laken waarop een kussen lag. 'Hanna?'

Heel even was ze van haar stuk gebracht. Hanna lag niet in haar bed. Was ze al aan het ontbijten?

'Zeg, Joan,' riep Tanja. 'Is de douche al nat?'

'Hoezo?' Er klonk gespetter van water. 'Ik douche toch! Natuurlijk is de douche dan nat.'

Tanja liep naar de badkamer. 'Had Hanna al gedoucht?'

'Niet dat ik weet,' riep Joan terug. 'Alles was droog hier. Maar Hanna kennende heeft ze dat gisteravond vast keurig afgedroogd na het douchen. Je kent haar toch. Hoezo?'

'Ze ligt niet in bed,' legde Tanja uit.

'Wat?'

Een drijfnatte Joan stapte uit de douchecabine. Glibberend bewoog ze zich naar de deur en gluurde de slaapkamer in. 'Verrek, waar is ze dan?'

Ze keken elkaar ongerust aan.

'Zou ze wel zijn thuisgekomen vannacht?' Joan stampvoette. 'Stom ook van ons om haar in haar eentje terug te laten gaan.'

Tanja keek op haar horloge. 'Hanna loopt niet in zeven sloten tegelijk. Misschien zit ze al aan het ontbijt.'

'Lekker dan,' bromde Joan, die haar ongerustheid in irritatie voelde omslaan. 'Echt iets voor Hanna. Had ze niet even kunnen wachten op ons?'

Tanja duwde haar zus weer terug naar de douche. 'Schiet nou maar op, dan gaan wij ook.'

Terwijl Joan verder douchte, bekeek Tanja het lege bed van Hanna. Haar hand gleed over het witte laken dat er wel heel strak bij lag. 'Heeft ze wel in bed gelegen?' mompelde Tanja hardop. 'Hanna, Hanna, waar ben je?'

Tanja en Joan stapten de ontbijtzaal in.

'Zie jij haar?' vroeg Joan.

Ze keken allebei in het rond, maar zagen hun zus nergens.

'Ik weet het niet, Joan,' zei Tanja. 'Er klopt iets niet. Het is niets voor Hanna om zomaar te verdwijnen.'

Joan trok Tanja mee naar de gang. 'We gaan naar de receptie. Misschien dat Pieter of Rowen haar gezien heeft.'

Het was druk bij de receptie. Pieter hielp een groep nieuwe gasten met inchecken.

'Daar ga ik niet op wachten,' zei Joan en ze liep naar de balie. 'Weet jij waar Hanna is?'

Pieter keek op. 'Ja, die slaapt.' Hij richtte zich weer tot de gasten.

'Ze slaapt helemaal niet,' ging Joan verder. 'Haar bed is leeg.'

Pieter excuseerde zich en wendde zich tot Joan. 'Ik heb ook niet gezegd dat ze in haar eigen bed ligt. Ze ligt op mijn kamer. Ze zal zo wel komen. Ik moest om tien uur beginnen en heb haar nog even laten liggen.'

Joan en Tanja staarden Pieter met grote ogen aan.

'Wat?! Ze ligt bij jou?'

'Hier,' zei Pieter en hij smeet een sleutel naar Joan toe. 'Kamer 715, zevende verdieping. Mag ik nu verdergaan met mijn werk?'

Zwijgend liepen Tanja en Joan naar de lift. 'Zou Hanna echt...' begon Tanja, maar ze maakte haar zin niet af. 'Nee, daar geloof ik niets van. Die Pieter liegt. Volgens mij worden we in de maling genomen.'

De lift zoefde naar de zevende verdieping. 'Hij klonk niet alsof hij grapjes stond te maken,' zei Joan.

'Kloppen?' vroeg Joan toen ze voor de deur van kamer 715 stonden.

Tanja rukte de sleutel uit Joans handen en opende de deur. 'Hanna?' Ze stapte de kamer binnen. 'Hanna? Ben je hier?'

Een licht gekreun klonk.

Tanja en Joan stonden aan het voeteneind van een groot tweepersoonsbed en staarden naar het verwarde hoofd van Hanna dat boven het dekbed uitstak. 'Hoe laat is het?'

'Elf uur,' antwoordde Joan kortaf. 'Wat doe jij hier?'

Hanna fronste haar wenkbrauwen. 'Hier? Hier? Hoezo hier? Ik...'

Op dat moment realiseerde ze zich dat ze niet in haar eigen bed lag. Verschrikt keek ze om zich heen. 'Waar ben ik?' stamelde ze. Langzaam kwamen de beelden van vannacht weer terug. 'Shit, ik...'

Ze keek haar zussen aan. 'Dit is niet wat jullie denken,' zei ze toen.

'Wij denken niets,' zei Tanja strak.

Hanna sprong uit bed en bekeek zichzelf in de spiegel op de kastdeur. Haar blote benen staken schril af tegen het knalrode T-shirt dat ze droeg. Met een vies gezicht plukte ze aan het T-shirt. 'Van wie...'

Als een plumpudding zakte Hanna in elkaar en begon te huilen. 'Wat heb ik gedaan?' snikte ze. Haar armen sloeg ze rond haar opgetrokken knieën.

'Pak haar spullen,' gebood Tanja en ze wees naar de stapel kleren die over de stoel bij het raam hing. 'We brengen haar naar onze kamer.'

Tanja hielp Hanna overeind. 'Stil maar, we gaan hier zo snel mogelijk weg. Vertel ons straks maar wat er gebeurd is.'

Even later zat Hanna op haar eigen bed en staarden haar zussen haar vragend aan.

'Nou, vertel op,' zei Tanja. 'Wat heeft die Pieter met je gedaan? Als ik die gozer in mijn vingers krijg, dan...'

Hanna schudde haar hoofd. 'Pieter heeft niets gedaan. Niet echt. We zijn uit geweest.'

'Je ging vroeg naar bed,' reageerde Joan verbaasd.

'Ik weet het,' zei Hanna, 'maar Pieters dienst zat erop en toen vroeg hij of hij mij Monaco mocht laten zien.' Ze lachte. 'Hij was zo grappig en voordat ik het wist zat ik achter op zijn motor.'

'Motor? Jij?' riep Tanja. 'Je durft nog niet eens op een scooter.'

'Ik weet het,' fluisterde Hanna. 'Maar ik kon gewoon niet weigeren. Hij vroeg het zo lief en...'

Joan zuchtte. 'Dit is totaal niet de Hanna die wij kennen. Je bent dus zomaar bij een wildvreemde jongen achter op de motor gestapt?'

'Ja.' Hanna glimlachte. 'En het was te gek! We hebben in de smalste straatjes gereden.' Ze keek haar zussen triomfantelijk aan. 'En we hebben champagne gedronken bij de fontein van het Casino en...'

Tanja liet haar niet uitspreken. 'Jij... champagne? Nu geloof ik echt dat je gek bent geworden. Weet je zeker dat hij je niet een of andere drug heeft toegediend?'

Hanna schudde haar hoofd. 'Nee, natuurlijk niet. Ik ben niet gek.'

'Dat zou je anders niet zeggen,' mompelde Joan.

Hanna ging verder. 'We hebben gezwommen in een baai en Pieter heeft me de maan laten zien vanaf het topje van de berg hierboven. Het was...' Ze keek dromerig. 'Het was net een sprookje.'

'Ben je verliefd?' vroeg Joan.

Hanna's blik veranderde. 'Natuurlijk niet. We zijn gewoon vrienden. Ik heb hem gezegd dat ik met Jasper ga. Dat weet hij!'

'Wie probeer je nu te overtuigen?' vroeg Tanja.

'We hebben niet gezoend, hoor,' riep Hanna, als je dat soms bedoelt.

'Nee, maar je wordt wel wakker in zijn bed.'

'Er is niets gebeurd,' schreeuwde Hanna nu. 'Stoppen! We waren laat thuis en we hebben nog wat zitten kletsen op zijn kamer.'

'Ja, ja... kletsen, geloof jij het?' Tanja keek Joan met opgetrokken wenkbrauwen aan.

'Ik hoef aan jullie geen verantwoording af te leggen, hoor,' ging Hanna verder.

Joan knikte. 'Dat is waar, maar we waren wel bezorgd.'

Hanna zuchtte. 'Dat snap ik en dat waardeer ik ook. Ik ben gewoon in slaap gevallen bij Pieter en jullie maakten me wakker. Dat is alles. Het was een te gekke avond, maar ik ben niet verliefd op hem... echt niet. Hoe was jullie avond met die Johnny?'

Terwijl Hanna douchte en zich aankleedde, deden Joan en Tanja om beurten verslag van hun avontuur.

'We hebben wel drie clubs bezocht,' begon Joan. 'Normaal gesproken kom je nooit naar binnen onder je achttiende, maar met Johnny mochten we zo doorlopen. Iedereen kent hem.'

'Ja,' ging Tanja verder. 'Het was echt cool. Ik heb heerlijk gedanst en de gekste mensen ontmoet.'

'En hoe was Johnny?' riep Hanna vanuit de badkamer.

'O, die heb ik amper gezien,' antwoordde Tanja. 'Ik heb gedanst.'

'Joan?' Hanna rommelde in haar toilettas.

Joan keek wat verlegen. 'Johnny is te gek. Hij is echt heel

lief. Echt, je zou dat niet denken van zo'n beroemde acteur...
ik bedoel... hij kan iedereen krijgen. De meisjes zwermden
om hem heen...'

'Hij had alleen oog voor Joan,' ging Tanja verder. 'Als die
niet smoorverliefd is...'

'Echt?' Joan glimlachte. 'Hij was inderdaad heel lief voor
me en bleef steeds in mijn buurt.'

'Zie je nou wel? Jij hebt Johnny Pedd aan de haak geslagen.'

'Hij heeft me uitgenodigd op zijn boot.'

'Wat?' Hanna en Tanja keken allebei verbaasd.

'Dat wist ik niet,' riep Tanja. 'Wanneer?'

'Vanavond.'

Er viel een stilte.

'Gezellig,' zei Tanja. 'Hanna een vriendje, Joan een vriendje... Zou er hier een cursus borduren zijn voor mij?'

'Doe niet zo zielig,' riep Joan. 'We overleggen vanaf nu alles. Als jij niet wilt dat ik vanavond naar Johnny ga, dan ga
ik toch niet!'

'Dus je legt de verantwoording bij mij,' zei Tanja. 'Lekker
ben jij. En dan zeker later te horen krijgen dat het mijn schuld
is dat je de liefde van je leven bent misgelopen. Nee, dank
je. Je bepaalt zelf wat je doet.' Ze keek naar Hanna. 'Als je
het maar even laat weten.'

Hanna schoot in haar short en knikte. 'Ja, dat is goed. We
zijn, geloof ik, allemaal een beetje overvallen door onze ont-
moetingen.'

Op dat moment ging Hanna's telefoon. Verschrikt keek
Hanna naar de naam op het display. 'Jasper,' siste ze. 'Niet
nu!'

'Geef mij maar,' riep Tanja en ze pakte de telefoon over.
'Met Tanja op het toestel van Hanna... dag, Jasper... Hoe
gaat het daar in het regenachtige Den Haag?'

Hanna gebaarde met haar handen dat Tanja het niet moest
overdrijven.

'Nee, die is niet in de buurt...' ging Tanja verder. 'Ze staat onder de douche. Kan ik iets doorgeven?'

Tanja luisterde. 'Ik zal het zeggen. Dus ze heeft je gisteravond niet teruggebeld? O, maar dat kan kloppen, hoor. Joan en ik zijn nog even uit geweest, maar Hanna was moe en wilde vroeg naar bed... Ja... jouw meissie is een lieverd, inderdaad. Nou, Jasper... ik zal zeggen dat je gebeld hebt. We moeten nog wel ontbijten en we moeten ons haasten, dus dat wordt vanmiddag... O, dan werk je... Nou, dan belt ze vanavond wel, goed? Daaaag.'

Tanja drukte de mobiel uit. 'Groetjes van Jasper,' zei ze.

Hanna liet zich achterover op het bed vallen. 'Ik kon het echt niet... niet nu!'

'Weet je zeker dat je niet verliefd bent op Pieter?'

'Nee!' riep Hanna. 'Ik hou van Jasper. En daarmee uit. Pieter is gewoon een goede vriend! Je kunt toch wel mensen ontmoeten, zonder dat je meteen verliefd bent?'

'Oké, je hebt gelijk. Maar nu wil ik een ontmoeting met tien croissantjes.' Ze zwaaide met de sleutel van Pieters kamer. 'Kan ik die aan jou geven, Hanna?'

Hanna nam de sleutel aan. 'Ja, dank je. Ik breng hem zo terug. Maar eerst ontbijten. Motorrijden maakt hongerig, zeg.'

'Ik denk eerder dat het de champagne is, zus,' lachte Joan. 'Geklutst eitje doet wonderen voor een kater. Ik denk dat ik er zelf ook eentje neem. En een kop goede zwarte koffie.'

'En dan op naar het strand,' zei Tanja. 'Even bijslapen.'

Na het ontbijt verdwenen de meiden naar hun kamer om zich om te kleden voor het strand.

'Zal ik die blauwe of die groene aandoen?' Joan hield twee badpakken omhoog.

'Nieuw?' vroeg Hanna, die het gele slipje van haar tankini aantrok.

'Tuurlijk. Nou?'

'Die groene,' zei Hanna. 'En dan morgen die blauwe.'

Joan was tevreden met het antwoord en begon zich om te kleden. 'Het hotel heeft een privégedeelte aan het strand. Volgens oom Jurriaan krijgen we ook badlakens.'

Tanja smeet haar handdoek terug in haar tas. 'Mooi, scheelt weer sjouwen.'

'Hebben jullie zonnebrandcrème?' vroeg Hanna, die in haar tas rommelde. 'Ik kan de mijne zo snel niet vinden... Ik had 'm toch echt...'

'Eh... ja...' stamelde Joan. 'Ik heb maar een kleine tube en...'

'Leen maar van mij,' viel Tanja haar in de rede. 'Ik heb een literfles uit de supermarkt. Prima spul.'

Joan haalde haar neus op, maar was blij dat het probleem was opgelost. 'Zijn jullie zover?'

Hanna stopte nog snel een boek in haar strandtas. *'Ready!'*

Pieter had het druk. Hanna legde de sleutel van zijn kamer op de balie en wilde doorlopen, maar Pieter kwam even naar haar toe. 'Lekker geslapen, prinses?'

Hanna knikte en probeerde zijn blik te ontwijken. 'We gaan naar het strand.'

'Ik ben aan het eind van de middag vrij,' zei Pieter. 'Ik heb een geweldig plan om...'

'We zien wel,' viel Hanna hem in de rede. 'Eerst maar even naar het strand. Daaag.'

Ze liet Pieter verbouwereerd achter en glipte door de draaideur. Tanja en Joan stonden buiten op haar te wachten.

'En?' vroeg Joan. 'Zei hij nog wat?'

Hanna glimlachte. 'Misschien... Gaan jullie mee?' Joan en Tanja begrepen de boodschap en vroegen niet verder.

Het was vijf minuten lopen naar het privégedeelte van het strand. De meiden lieten hun kamersleutel zien en kregen ieder een badlaken. Een jongen in een wit, katoenen pak begeleidde hen naar drie ligbedden.

Het was behoorlijk druk. Bijna alle ligbedden waren bezet.

'We zijn net op tijd,' merkte Joan op. Ze keek nieuwsgierig om zich heen. Overal zag ze de prachtigste bikini's, pareo's en ander badgoed. Af en toe knikte ze vriendelijk als ze een ligbed passeerde. Dit was een op en top *classy* omgeving.

'Ik wil in het midden,' zei Tanja en ze legde haar badlaken op het middelste ligbed. 'Kan ik jullie allebei een beetje in de gaten houden.'

Ze bedankten de jongen en spreidden hun badlakens uit.

'Heerlijk,' verzuchtte Hanna. 'Welterusten.'

'Eerst insmeren,' gebood Tanja. 'Anders ben je straks een kreeft.'

Het eerste uur werd er niet veel gezegd. Alle drie rustten ze uit van de avontuurlijke nacht.

Joan en Hanna vielen al snel in slaap. Tanja was wat onrustiger. Zij luisterde naar de geluiden om zich heen, de klotsende golven van de Middellandse Zee, vrolijke kinderstemmen... Ze leunde op haar ellebogen en genoot van het uitzicht. Na al die drukte van Londen, was dit een verademing. Tanja dacht aan Parrot. Zou hij al klaar zijn met het mixen van hun stemmen en de muziek? Hij had het niet leuk gevonden dat ze naar Monaco ging met haar zussen. 'Ik ben hier voorlopig in de studio nodig,' had hij gezegd.

Ze had nog even getwijfeld, maar Parrot had haar overgehaald. 'Ga nou maar. Ik moet de komende week toch werken. Als ik weet dat jij plezier hebt, voel ik me een stuk minder schuldig. En als het allemaal vlot verloopt, kom ik ook, maar ik kan niets beloven.'

Er klonk zacht gekreun. Tanja keek naar Joan die met gekruiste armen opgerold op haar ligbed lag te slapen. Op haar gezicht verscheen een glimlach. 'O, Johnny...' mompelde ze.

Tanja schudde haar hoofd. Lag ze nu te dromen van die

Johnny? Die griet was echt gek. Zo bijzonder was die vent toch niet?

Tanja keek naar Hanna, die aan haar andere zijde lag te slapen. 'O, Pieter,' fluisterde Tanja met een grijns.

Op dat moment zag ze de ober langs lopen met een blad lege glazen. Ze stak haar hand op, maar de jongen zag het niet. Omdat ze haar zussen niet wakker wilde maken, stond ze op en liep ze achter de ober aan naar de bar. Ze schoof op een barkruk en wachtte tot de jongen de lege glazen in de spoelbak had gezet.

'*Oui?*' De jongen keek haar vragend aan.

'Cola,' zei Tanja. 'Zonder ijs... eh... *sans glace?*' Ze twijfelde of het woord 'glace' ook ijsblokje betekende, maar de jongen scheen het te begrijpen. Hij vulde een glas met cola en zette het voor Tanja op de bar. 'Een cola zonder ijs voor mevrouw,' zei hij vriendelijk.

Tanja keek op. 'Nederlands?'

'Yep,' antwoordde de jongen en hij stak zijn hand uit. 'Ik ben Danny en hoe heet jij?'

'Tanja,' zei Tanja en ze schudde zijn hand.

'Ben je hier op vakantie?'

Tanja knikte. 'Met mijn zussen.' Ze wees naar Hanna en Joan. 'Die nu liggen te pitten.'

Ze bekeek de jongen nu wat aandachtiger. Hij had leuke, blonde krullen en zijn gezicht straalde vrolijkheid uit. Het strakke witte pak dat hij droeg paste eigenlijk helemaal niet bij hem.

'Laat geworden vannacht?' vroeg Danny.

'Ach, ze zijn niet zoveel gewend,' zei Tanja.

Danny keek of hij ergens op het strand nodig was en boog zich toen weer naar Tanja toe. 'Ben je al eerder in Monaco geweest?'

'Nee,' antwoordde Tanja.

'Hoe vind je het hier?'

'Hmm, gaat wel. Veel kouwe kak.' Ze nam een slok van

haar cola. 'Al dat overdreven gedoe. Alles is hier duur of het deugt niet.'

Danny knikte. 'Je moest eens weten hoeveel arrogante kwasten hier komen. En ik maar lopen. Willen ze champagne, kom ik het brengen, willen ze opeens witte wijn.'

'Nee!' riep Tanja verbaasd uit. 'Flikken ze dat?'

'Je moest eens weten. Het is dat ik het geld nodig heb, maar anders was ik hier allang weg.'

'Werk je hier al lang?'

'Sinds het voorjaar.' Danny wachtte even. Tanja gaf hem alle tijd. Met haar houding gaf ze hem duidelijk het gevoel dat ze echt geïnteresseerd was in zijn verhaal.

'Vakantie?' vroeg ze.

Danny schudde zijn hoofd en zijn stem klonk zachter. 'Als je het echt wilt weten... Ik was het zat thuis. Op school lukte het niet, mijn ouders waren constant aan het kibbelen en mijn beste vriend was verhuisd naar Amsterdam. Ik heb een enkeltje Zuid-Frankrijk genomen en nu ben ik hier blijven hangen. Verdient redelijk, maar het haalt het niet bij deze patsers. Ik ben al blij dat ik een bed heb, terwijl zij op zijn minst vier huizen bezitten of in luxe hotels verblijven.'

'Waar woon je dan?'

'In het begin heb ik hier op het strand geslapen. Er is in de buurt natuurlijk niets te huur onder de driehonderd euro per nacht. Dat was wel balen. Maar ik was niet de enige. Veel jeugd slaapt hier op het strand. Het mag niet, maar de politie is niet streng. In de zomermaanden is het warm zat 's nachts. Wel gezellig, hoor! Ik heb er veel vrienden aan overgehouden.'

Danny zuchtte. 'Nu huur ik een kleine kamer bij oudere mensen in Nice. Daar staan mijn spullen, maar meestal blijf ik hier op het strand.'

Tanja keek bewonderend. 'Zo te horen, maak jij heel wat mee hier.'

Danny glimlachte. 'En jij? Vertel eens iets over jouw leventje? Jij bent hier op vakantie met je zussen, dus zo arm ben je niet, denk ik.'

Tanja aarzelde. Ze mocht deze jongen. Juist het feit dat hij zichzelf was, maakte indruk.

'O, nee hoor! Ik ben hier op uitnodiging van een soort oom.' Ze lachte. 'Hij betaalt alles. Ik ben zelf ook zo arm als een luis.'

Danny's ogen lichtten op en Tanja voelde dat als een aanmoediging.

'Ik ben opgegroeid in een weeshuis. Mijn zussen en ik zijn al heel jong uit elkaar gehaald. Zij kregen adoptiefouders, ik niet. We hebben elkaar pas een paar maanden geleden voor het eerst weer ontmoet bij een notaris. Onze echte moeder had dat voor haar dood zo geregeld. Wel heavy, hoor! Blijk ik opeens twee zussen te hebben. Joan, die blonde, is opgegroeid bij schatrijke ouders. Haar oom betaalt deze trip. En Hanna is geadopteerd door een lieve familie. Zij heeft broers en zussen...'

Tanja stokte. De gedachte aan haar familieloze jeugd maakte haar weemoedig.

'Ga verder,' zei Danny zacht.

Tanja vertelde over haar boosheid die ze de eerste weken na het notarisbezoek had gevoeld. Haar zussen konden er tenslotte niets aan doen dat zij nooit geadopteerd was en geen familie had gehad voor haar zestiende. Toeval, had ze zichzelf voorgehouden. Puur pech!

Minutenlang uitte ze haar gevoelens. Nog nooit had ze hardop gezegd wat er diep vanbinnen bij haar woelde. Het luchtte wel op en Danny keek haar zo begripvol aan. Hij scheen haar verhaal echt te waarderen. Toch vertelde Tanja niets over Parrot en haar verhuizing naar Londen. Op de een of andere manier had ze het gevoel dat ze dan de band die ze nu hadden, zou verbreken. Danny was tevreden met zijn eenvoudige leventje en hij was gecharmeerd van haar status als weesmeisje. Helemaal eerlijk was ze niet, wist ze. Maar ze hoefde toch niet alles te vertellen.

'Heavy,' zei Danny. 'Dus jij bent een beetje zoals ik. Weinig poen, veel lol.'

'Ach,' stamelde Tanja. 'Zo arm ben ik niet, hoor! Ik heb nu twee zussen en eentje heeft een rijke oom, haha.'

'Kunnen jullie een beetje met elkaar opschieten? Ik bedoel... zet drie meiden bij elkaar en je hebt in negen van de tien gevallen bonje. Gaat dat wel?'

Tanja moest een glimlach onderdrukken. Die jongen wist hoe meiden in elkaar zaten. 'Hmm, over het algemeen wel,' zei ze. 'Maar we verschillen wel, hoor!'

'Dat kon ik zo wel zien,' reageerde Danny. 'Die blonde zus van je straalt iets... hoe zeg ik dat netjes...' Hij keek naar de slapende Joan. 'Ze maakt dat je naar haar kijkt en volgens mij vindt ze dat heerlijk.'

Tanja knikte. 'Right, klopt.' Ze keek Danny onderzoekend aan. 'En Hanna... mijn andere zus,' vroeg ze. 'Wat denk je als je haar ziet?' Ze vond het wel grappig om hem wat te testen. Ze kon zich onmogelijk voorstellen dat hij alle badgasten zo goed kon inschatten.

'Lief, slim, maar vooral heel bescheiden.' Danny keek Tanja uitdagend aan. 'Heb ik gelijk?'

Tanja's mond viel open. 'Doe je dat bij al je badgasten?' vroeg ze.

'Niet bij alle badgasten,' antwoordde Danny en hij gaf haar een knipoog.

'Hmm, en wat denk je dan over mij?' Tanja deed net of ze de boodschap niet begrepen had en keek Danny strak aan, zodat hij haar blik niet kon ontwijken.

'Jij? Even denken...' Danny wreef over zijn kin. 'Tja... jij bent een moeilijk portret.'

'Hoezo?' Tanja's gezicht betrok.

'Ongrijpbaar...'

Tanja zweeg.

'Dwars...'

Tanja perste haar lippen op elkaar.

'Iemand die weet wat ze wil,' besloot Danny zijn observatie.

'Mooi dan,' bromde Tanja, die wist dat hij de spijker op zijn kop had geslagen. Zelfs haar reactie nu bevestigde zijn woorden.

'Maar ik ben gek op hittepetitjes.'

'O.' Nu wist Tanja even niet hoe ze moest reageren. Nam hij haar nu in de maling?

'Ik moet aan het werk,' vervolgde Danny en hij wees naar twee dames aan de andere kant van de bar. 'Zie ik je straks nog?'

'Ik lig vandaag op dat bed daar,' zei Tanja wat kortaf. 'Je komt maar langs als je mij wilt zien.'

Danny klakte met zijn tong. 'Lekker strak antwoord!'

Voordat Tanja nog iets kon zeggen, was Danny verdwenen. De twee dames aan de bar hingen erg flirterig over de toog en eisten alle aandacht op. Tanja dronk haar glas leeg en liep terug naar haar ligbed. Tegen dat soort types kon ze niet op. Heel even keek ze om en haar blik kruiste die van Danny. De dames waren alweer vertrokken en liepen met hun cocktail naar hun ligbed. Danny stak zijn hand op en Tanja glimlachte. Hij was leuk. Voor het eerst in jaren vond ze weer een jongen leuk. Zijn haar, zijn ogen, zijn lichaam, maar vooral zijn brutale manier van doen.

Ze draaide zich om en liep naar haar ligbed. Niet meer omkijken, bedacht ze, maar ze voelde Danny's ogen in haar rug. Rustig en zonder op te kijken ging ze op haar buik liggen.

Tanja probeerde onder haar arm door naar de bar te gluren, maar Hanna lag in de weg. Zou hij nog kijken? Moest ze nu niet even naar hem zwaaien? O, waarom was ze altijd zo onhandig als het jongens betrof? Jongens waren voor haar stoeimaatjes, vrienden om mee te keten, door de stad te zwerven, te skateboarden... Jongens waren recht door zee en zo was zij ook. Daarom kon ze zo goed met ze opschieten. Geen woord teveel zeggen, het hart op de tong en bovenal geen klef gedoe over gevoelens en zo.

Tanja zuchtte. Danny had haar daarnet goed aangevoeld. Dat had ze aan alles gemerkt. Zonder er al te veel aandacht aan te besteden, had hij haar laten weten dat hij meeleefde. Gewoon, door zijn houding en zijn geïnteresseerde blik. Nu ze erover nadacht... Ze had nog nooit een wildvreemde jongen binnen drie minuten over haar jeugd verteld. En al helemaal niet laten merken wat dat voor gevoelens losmaakte. Tanja kneep in haar arm. Ze had zich zomaar laten gaan. Wat nou als hij dat bij ieder meisje deed? Barjongens waren opgeleid om mensen op hun gemak te stellen. O, hoe had ze zo stom kunnen zijn? En ze was er met open ogen ingetuind.

Ze gromde en balde haar vuisten. Voorlopig kwam ze niet van dit ligbed af. Hij moest niet denken dat ze hem leuk vond of zo. Ze draaide haar hoofd naar de andere kant en sloot haar ogen. De zonnestralen verwarmden haar rug. Langzaam werd haar ademhaling rustiger en gaf ze zich over aan haar vermoeidheid.

'Slaapt ze?'

Tanja herkende de stem onmiddellijk. Danny!

'Ik geloof het wel,' antwoordde Hanna. 'Laat haar maar even. Heb je voor mij een cocktail?'

Ook Joan bestelde iets te drinken. Tanja bleef doodstil liggen, met haar hoofd tussen haar armen.

'Wat leuk dat jij uit Nederland komt,' zei Hanna. 'Werk je hier al lang?'

Tanja voelde haar adem onregelmatiger worden. Danny keek nu vast naar haar. Naar haar rug, haar billen, haar benen...

'Eh... ja, de hele zomer al. Ik ben zo terug.'

Tanja hoorde dat Danny wegliep. Ze wachtte heel even en draaide toen haar hoofd.

'Hé... Danny!' De stem van Hanna schalde over het strand. 'Ze is wakker, hoor!'

Tanja beet op haar lip. Nu moest ze wel. Langzaam kwam ze overeind.

'Wat wil je drinken?' vroeg Joan.

'Water,' snauwde Tanja.

'Nou, zeg, jij hebt slecht geslapen. Had je een nachtmerrie?'

Zwijgend ging Tanja rechtop zitten. Danny stond al aan het voeteneind. 'Dag schoonheid,' zei hij. 'Hetzelfde?'

Tanja kon wel door de grond zakken. Lekker subtiel, dacht ze.

'Water graag,' stamelde ze.

'Komt voor elkaar.' Danny boog voorover. 'Ik ben naar jou toe gekomen... Nu ben jij aan de beurt.'

Danny draaide zich om en liep terug naar de bar.

'Lekker ding,' fluisterde Joan. 'Ken je hem?'

Tanja slikte. 'Eh... nee, nou ja... ik heb daarnet een cola bij hem gehaald toen jullie sliepen.'

Hanna en Joan keken haar doordringend aan.

'Ja... en?' zei Tanja. 'Mag dat niet soms?'

Haar zussen glimlachten, maar zeiden niets.

'Wat nou?'

'Niets,' zei Hanna. 'Helemaal niets. Als jij het zegt...'

De onderdrukte grijns op hun gezichten maakte Tanja pissig. 'Oké! Ja, hij is leuk... en ja, hij flirtte met mij...'

'Zie je wel,' was het enige wat Joan zei. 'Ik wist het!'

Hanna streelde Tanja's arm. 'Voelt vreemd, hè?'

Tanja boog haar hoofd en knikte. 'Ik haat mezelf.'

'Waarom?' zei Joan. 'Omdat iemand met je flirt?'

'Nee,' antwoordde Tanja. 'Omdat ik me heb laten gaan... bij een wildvreemde barman nog wel. We hebben gepraat. Of liever gezegd... hij liet mij praten. Ik heb van alles aan die gozer verteld, alsof ik bij een of andere *shrink* op de bank lag.'

'Nou en? Lucht op, moet je vaker doen.'

Hanna wierp een boze blik naar Joan.

Tanja keek op. 'Ik heb echt niet de illusie dat hij op mij valt, hoor! Barmannen geven hun gasten altijd aandacht, toch?'

'Jawel, maar er is verschil tussen aandacht geven en aandacht zoeken,' zei Joan. 'Ik kan uit ervaring spreken als ik zeg dat die ober jou meer dan leuk vindt.'

'Echt?'

'Zeker weten. Als je wilt, kun je vanavond zo met hem afspreken. Gewoon doen. Je moet toch een keertje...'

'Zou jullie wel goed uitkomen, hè?' viel Tanja haar in de rede.

'Hoezo?'

'Kun jij met Johnny uit en Hanna met Pieter. Geen schuldgevoelens, want Tanja is ook onder de pannen.'

'Doe niet zo opgefokt,' riep Joan. 'Daarom zeg ik het helemaal niet. Alhoewel... Het is natuurlijk wel een prettige bijkomstigheid, moet ik zeggen.' Ze keek Hanna aan. 'Als we nu vanavond eens apart uitgaan?'

'Hoor ik daar iets over uitgaan?' Danny kwam aangelopen met een blad met drankjes.

'Ja,' zei Joan. 'Nog tips?'

'Ligt eraan waar je van houdt,' zei Danny met een grijns.

'Waar houd jij van?' vroeg Hanna.

'Ik? Eh... ik vermaak me meestal met vrienden op het strand verderop. Kampvuurtje, biertje...'

Het gezicht van Joan betrok. 'Niet mijn manier van uitgaan. Ik ben meer van de clubs. Ik ben vanavond uitgenodigd op het schip van Johnny Pedd.'

Danny floot tussen zijn tanden. 'Bofkont.'

Tanja kon een glimlach niet onderdrukken. Ze wist dat hij dat sarcastisch bedoelde.

'Ga jij ook mee?' vroeg Danny aan Hanna.

'Nee, ik...' Ze keek naar Tanja. 'Ik zou vanavond met iemand uitgaan.'

'Zou?'

'Eh... ja, ik denk niet dat ik ga. Beetje saai voor Tanja. Is ze helemaal alleen.'

Tanja hield haar adem in. Wat deed Hanna nu? Zo legde ze hem de woorden in zijn mond.

'O, maar daar heb ik wel een oplossing voor,' zei Danny. 'Als ik Tanja nu eens uitnodigde voor het kampvuur?' Hij keek naar Tanja. 'Tenminste... als je dat leuk vindt.'

Tanja voelde het bloed naar haar hoofd stijgen. Voor het eerst van haar leven wist ze niet wat ze moest zeggen. Haar hart klopte in haar keel en haar maag keerde om. 'Eh...' Ze keek naar Danny. Zijn uitnodigende ogen straalden. 'Oké.' Het was eruit voor ze er erg in had. 'Hoe... hoe laat spreken we af?'

Danny zette de drankjes neer. 'Ik ben om negen uur vrij.'

'Zal ik dan hiernaartoe komen?'

'Geen sprake van,' zei Danny. 'Ik haal je wel op van het hotel. Kunnen we onderweg nog even bijpraten.'

Hij maakte een buiging en liep weg. 'Wel eerst eten, hoor!' riep hij nog. 'Een etentje zit er niet in.'

Tanja liet zich languit achterovervallen op haar ligbed. 'Ik ben gek!'

'Ja, inderdaad,' mompelde Joan. 'Die gozer is zo arm als een luis.'

'Ja, en?'

'Wat moet je daar nu mee? Je zit in Monaco, de rijkste gozers lopen in rijen voorbij en jij gaat op het strand zitten met een arme sloeber die geen cent te makken heeft.'

'Ik vind hem gewoon leuk. Je wordt toch niet verliefd op een bankrekening?'

Hanna grijnsde. 'Goed zo. Dat is de ware liefde. Steek die maar in je zak, Joan.'

'En wat weet jij ervan?' riep Joan, die zich aangesproken voelde. 'Jij houdt er twee gozers op na.'

'Niet waar! Ik houd van Jasper...'

'Maar je gaat los met Pieter.'

'Zullen we elkaars liefdesleven even laten voor wat het is,' riep Tanja. 'en genieten van deze stranddag?'

Tevreden sloot ze haar ogen. Vanavond ging ze uit... met Danny. Ze had geen idee wat haar te wachten stond, maar ze had er zin in.

7

De kus

'En?' Tanja stak haar hoofd om de deur van de hotelkamer. Joan stond achter haar op de gang en vijlde haar nagels. 'Als het nog lang duurt, ga ik in de bar wat drinken.'

Hanna wenkte dat ze binnen konden komen. Ze was als eerste naar boven gegaan en had haar zussen gevraagd beneden even te wachten, zodat zij Jasper in alle rust even kon bellen.

Het was vroeg in de avond. Ze hadden de hele dag genoten van de zon. Het zeewater was zalig als afkoeling. Hun huid was roodverbrand van het zonnetje.

'Hij mist me,' zei Hanna toen ze de vragende blikken van haar zussen zag.

'En verder?' vroeg Joan nieuwsgierig. 'Wat zei hij ervan dat je met Pieter op stap was geweest?'

'Doe niet zo flauw,' reageerde Tanja. 'Dat heeft ze hem natuurlijk niet verteld, toch?'

Hanna schudde haar hoofd. 'Nee, waarom zou ik? Ik heb Jasper ook niet verteld dat ik met de ober in de strandtent heb gepraat, of met de ober in het restaurant. Als ik hem van alles verslag moet doen, ben ik de hele dag aan het bellen. Jasper vertrouwt mij en daar heeft hij alle reden toe.'

'Geloof je het zelf?' Joan liep door naar het balkon.

'Let maar niet op haar,' siste Tanja. 'Ze heeft nog steeds niets gehoord van Johnny. Hij zou haar bellen...'

Op dat moment ging Tanja's telefoon. 'Parrot!' riep ze toen ze haar vaders naam in het display zag staan. *'Hi, how are you?'*

Joan kwam nieuwsgierig naar binnen. 'Is dat Parrot?'

Hanna knikte en samen luisterden ze naar de druk babbelende Tanja die uitgebreid aan het vertellen was wat ze allemaal al hadden meegemaakt. Zelfs hun afspraakjes voor die avond werden niet achtergehouden. 'Nee hoor, we vermaken ons prima. En lukt het daar een beetje?'

Tanja luisterde. 'Echt? Te gek. Wat zei William Robbins dan?'

Het bleef lange tijd stil.

'William Robbins?' fluisterde Joan. 'Dat is toch die...'

Hanna knikte en de beide meiden probeerden te begrijpen waar het gesprek over ging.

'Vond hij het goed?... Wat?... Echt waar... daar hoef ik niet over na te denken... Doen! Teken jij maar. *All right!*... Ik kan niet wachten... eh... ik weet het niet.' Ze wendde zich tot haar zussen. 'Vinden jullie het leuk als Parrot ook een paar daagjes naar Monaco komt?'

'Wat?' riep Hanna. 'Hiernaartoe? Ja, leuk!'

Joan reageerde niet zo enthousiast. 'Niet in dit hotel! Dan hebben we binnen de kortste keren de pers op ons dak en is onze dekmantel foetsie. We zijn hier voor oom Jurriaan, weten jullie nog?'

Tanja legde uit wat het probleem was. 'Prima, tof. Bel maar als je wat weet. Kusjes van allemaal. Hier heb je Hanna.' Ze gaf haar telefoon aan Hanna, die enthousiast begon te praten.

'No problem,' zei Tanja tegen Joan, die nog steeds bedenkelijk keek. 'Als Parrot het op tijd redt met het werk in de studio, belt hij. Als hij komt, neemt hij een ander hotel. Goed?'

Joan leek opgelucht. 'Mag ik ook even?' siste ze tegen Hanna, die haar toeknikte.

'Hier komt Joan nog even,' zei Hanna. *'Bye!'* Ze gaf de telefoon aan Joan.

'Wat was dat nou met William Robbins?' siste Hanna. 'Dat is toch die zanger?'

'Ja,' antwoordde Tanja. 'We hebben van de week voor de lol samen wat gezongen in de studio. Hij vroeg me om hem te helpen met het zingen van de vrouwenpartij in een duet. Gewoon om te oefenen. Parrot zegt dat hij het geweldig vindt en dat hij het nummer wil mixen met mijn stem. Of ik daar toestemming voor geef.'

'Wat? Echt?' Hanna greep haar zus vast. 'Dat is een prima binnenkomer. Een cd met Parrot en met William Robbins! Als het publiek je nu niet opmerkt, dan weet ik het ook niet meer.'

'Heb ik iets gemist?' vroeg Joan, die de mobiel van Tanja uitdrukte.

'Ik ga douchen,' zei Hanna.

En terwijl Tanja haar nieuwtje nog eens vertelde, verdween Hanna in de badkamer. Er klonk gerommel en even later het geluid van stromend water.

'Nog even plassen,' riep Hanna en ze rende in haar blootje door de kamer naar het toilet. 'Niet stiekem onder de douche stappen.'

'Ik zou niet durven,' zei Tanja, die net klaar was met haar verhaal. 'Zeg, die Pieter reageerde wel erg happy toen je zei dat je vanavond tijd voor hem had.'

Hanna stak haar hoofd om de toiletdeur. 'Vind je? Hij is gewoon spontaan. Dat vind ik juist zo leuk aan hem. Hij is zo anders dan Jasper.'

'Kijk maar uit!' Tanja grijnsde. 'Jij kunt hem wel als een gewone vriend beschouwen, maar wat nou als hij verliefd op je wordt... of al is?'

Hanna trok een raar gezicht. 'Dan is dat zijn probleem,

toch? Ik heb Jasper al... dat weet hij.' De deur ging dicht om even later weer open te gaan. Hanna spurtte terug naar de badkamer en stapte in de douchecabine. Het warme water stroomde in dikke stralen naar beneden.

'O *sole mio!*' zong ze uit volle borst en het water spetterde in het rond. Heerlijk, dat moest er even uit. Zingen onder de douche was altijd haar favoriete bezigheid geweest. Het luchtte op. Ze voelde zich blij, vrolijk en barstte van de energie. Zo'n dagje strand deed een mens goed. En de dag was nog lang niet ten einde. Vanavond zou ze...

Hanna stopte met zingen. De condens op de glazen douchewand nodigde gewoon uit tot expressie. Met haar wijsvinger trok ze een verticale streep, gevolgd door een halve ronding aan de bovenkant. Straaltjes water vervaagden de letter P direct.

'Zie je wel,' mompelde Hanna. 'Pieter is geen blijvertje.'

Om zichzelf te overtuigen schreef ze zijn naam voluit in de condens op de douchedeur.

PIETER

Langzaam druppelden de letters weg, totdat alleen een vage afdruk zichtbaar was. Heel even bekeek ze de plek waar zojuist de letters hadden gestaan. 'En dan nu de ultieme test,' fluisterde ze. Met haar wijsvinger schreef ze de naam van Jasper in de condens op de andere douchedeur. Ze verplaatste zich en de waterstralen gleden via haar rug op de grond. Ze bereikten de glazen douchewand niet. De naam Jasper bleef staan.

'Test geslaagd,' sprak Hanna. 'Jasper blijft, Pieter gaat. Zie je wel dat ik gelijk heb?'

Luid zingend waste ze haar haren. Ze kon gerust met Pieter op stap. Er zou niets gebeuren. Dat was nu wel duidelijk.

'Schiet eens op!' riep Joan. 'Je staat al uren onder de douche.'

'Ben al klaar.' Hanna stapte de kamer in. Om haar hoofd had ze een handdoek geknoopt. 'Heeft Johnny al gebeld?'

'Nee!' Met een klap viel de douchedeur achter Joan dicht.

'Humeurtje,' mompelde Hanna, die haar vrolijke bui niet wilde laten verpesten door de chagrijnige bui van haar zus.

'Waarom staat er PIETER op de douchewand?' schreeuwde Joan vanuit de badkamer.

Hanna kreeg een kleur. 'Jasper,' schreeuwde ze terug. 'Er staat Jasper.'

'Helemaal niet,' riep Joan. 'Ik kan echt wel lezen, hoor.'

Tanja trok haar wenkbrauwen op en Hanna besloot open kaart te spelen. 'Ik deed een testje.'

'Wie vind ik het leukst?' probeerde Joan.

'Zoiets, maar jullie hoeven je echt niet ongerust te maken, hoor.'

'Doe ik ook niet,' schreeuwde Joan. 'Dat is meer iets voor Jasper, denk ik.'

Hanna gromde. 'Die griet presteert het iedere keer om mijn vrolijke bui te verpesten. Laten we er maar over ophouden. Ik weet heus wel wat ik doe.'

'Gaan jullie maar vast,' zei Hanna toen ze door de hal liepen op weg naar het restaurant. 'Ik wil nog even...' Ze aarzelde en wees naar de receptie.

'Begrepen,' zei Tanja. 'Niet te lang.'

'*Thanks.*' Hanna liep de gang uit. Haar gezicht betrok toen ze Rowen achter de balie zag staan. Heel even bleef ze staan. Rowen had het druk met het inschrijven van nieuwe gasten. Een echtpaar op leeftijd. Ze kon hen horen praten. Duits, zo te horen.

Hanna keek op haar horloge. Ze had natuurlijk eerder moeten zijn. Pieter zou aan het eind van de middag vrij zijn en het was nu al zeven uur.

Net op het moment dat ze naar Rowen toe wilde lopen om

hem te vragen of hij wist waar Pieter was, viel haar oog op een klein apparaatje dat Rowen onder de rand van de balie schoof. De Duitse gasten konden het niet zien, zij wel. Wat was dat nou? Het leek wel een memorecorder. Zo'n opnameapparaat had ze weleens bij Jasper gezien. Als hij vergaderde, nam hij de gesprekken op om later uit te werken in de notulen. Wat moest Rowen met een opnameapparaat tijdens het inchecken van gasten? Ze besloot nog even te blijven staan.

Rowen vulde de formulieren van de gast in en vroeg de man om zijn paspoort. Nadat het echtpaar hun kamersleutel had ontvangen en was vertrokken, maakte Rowen een kopie van de papieren. Hanna keek strak naar de handelingen van Rowen. Het paspoort ging in de kluis, samen met het originele inschrijfformulier. Daarna vouwde Rowen de kopieën op en stopte ze vervolgens in zijn broekzak. Nu begon Hanna ongerust te worden. Hier klopte iets niet. Waarom maakte Rowen een kopie om die vervolgens in zijn zak te steken? Pieter maakte nooit kopieën van inschrijfformulieren, toch?

Hanna zag hoe Rowen het opnameapparaat uitzette en het in de la van de balie legde. Met een sleutel draaide hij de la op slot. Niets wees er meer op dat de gegevens van de Duitse gasten waren gekopieerd, zowel op papier als op tape.

Hanna wandelde naar de balie. Rowen keek op. '*Hi, Hanna,*' zei hij vrolijk. '*You're looking for Pieter?*'

Hanna knikte.

'*He's in the restaurant.*'

'*New guests?*' Hanna waagde het erop. Als ze naar de nieuwe gast vroeg, kwam ze misschien meer te weten.

'*Yes, Germans.*'

Dat het echtpaar uit Duitsland kwam, wist Hanna al, maar ze liet niets merken.

'*Anyone special?*'

Rowen keek haar onderzoekend aan. '*No, why?*'

Hanna haalde haar schouders op. '*I thought I knew that*

man.' Ze bleef Rowen aankijken.

'*Some wealthy businessman. Nobody in particular.*'

Hanna begreep dat ze zo geen steek verder kwam. Ze draaide zich om en liep naar het restaurant. Als Pieter daar nog was, kon ze het hem meteen vragen.

Bij de ingang van het restaurant bleef Hanna staan.

'*Mademoiselle?*' zei de portier en hij keek in zijn grote boek.

Hanna wees naar haar twee zussen en de man knikte. Hij herinnerde hen nog. Ze mocht doorlopen.

Terwijl ze tussen de tafeltjes door liep, keek ze om zich heen. Pieter zat meestal in de hoek, waar ook andere personeelsleden aten.

'Bingo,' fluisterde ze toen ze zijn gestalte ontwaarde. Pieter zat alleen aan een tafeltje. Heel even aarzelde Hanna. Ze keek naar haar twee zussen die, zo te zien, al aan het voorgerecht waren begonnen. 'Gezellig,' mompelde Hanna en ze liep naar Pieter.

'Helemaal alleen?'

Pieter draaide zich verschrikt om en morste tomatensoep op het kleed. Zijn gezicht klaarde op. 'Je liet me schrikken.'

'Was ook de bedoeling,' lachte ze.

Pieter schoof zijn stoel naar achteren en gebaarde dat ze plaats mocht nemen. Hanna keek om. Haar zussen waren druk aan het praten. 'Eh... nee, ik moet terug naar mijn eigen tafel. Ik wilde je alleen maar even zeggen dat ik vanavond wel... nou ja... je vroeg vanochtend... en toen wist ik nog niet... Gisteravond was fun en...' Ze zuchtte en keek Pieter hulpeloos aan. Moest ze het nog duidelijker zeggen?

Pieter greep haar hand. 'Ik wilde wat leuks gaan doen.'

'Hmm,' zei ze zacht. 'Mag ik mee?'

Pieter liet haar hand los en zijn gezicht betrok. 'Eh... ik weet het niet.' Hij aarzelde. 'Jasper?'

Hanna was alert. 'Wat is er met Jasper?' vroeg ze.

'Je hebt me gisteravond heel duidelijk gemaakt dat hij jouw vriendje is... in Nederland.'

Hanna knikte. 'Ik wil eerlijk blijven.'

'Dat snap ik, maar ik begin toch te twijfelen.'

'Hoezo?' Hanna schoof op de stoel naast Pieter en keek hem niet-begrijpend aan. 'Heb ik wat verkeerds gezegd?' Ze kon zich herinneren dat ze het over Jasper gehad hadden. Ze had Pieter verteld dat ze van Jasper hield en dat ze hem nooit zou bedriegen. Pieter had niet zoveel gezegd. Hij had het aangehoord. Wat was het probleem?

Pieter boog zijn hoofd. 'Ik kan het niet,' zei hij zacht.

'Wat niet?'

'Jou zien, zonder je te mogen aanraken.'

Hanna voelde haar maag draaien. Wat bedoelde Pieter nou? Hij mocht haar heus wel aanraken, hoor. Ze had gisteren nog haar armen om hem heen geslagen achter op de motor. Aanraken was toch niet verboden? Als vrienden kon dat best. Hanna keek Pieter zwijgend aan. Ze wist niet wat ze moest zeggen.

Pieter pakte haar hand en streelde haar vingers. 'Ik vind je leuk,' zei hij.

'Ik jou ook,' lachte Hanna opgelucht. 'We zijn echt vrienden geworden, hè?'

'Dat bedoel ik niet, Hanna,' zei Pieter. Hij zuchtte. 'Ik geloof dat ik verliefd op je ben.'

'O.' Hanna's mond klapte dicht en ze sloeg haar ogen neer. Een paar seconden bleef het stil.

'Toe, zeg wat,' zei Pieter.

Hanna trok haar hand langzaam onder de zijne vandaan. 'Ik... ik weet niet zo goed wat ik moet zeggen. Ik heb je toch verteld...'

Pieter greep haar arm. 'Ik voel gewoon dat je mij ook leuk vindt. Heb ik gelijk of niet?'

Hanna wilde haar arm terugtrekken, maar Pieter hield haar vast. 'Niet doen,' stamelde ze. 'Niet doen.'

Zijn blik maakte haar van slag. Die bruine ogen, ze glansden en keken haar zo verschrikkelijk lief aan.

'Ik ben nog nooit zo gek geweest op een meisje,' ging Pieter verder. 'Toen je gisteren voor de balie stond, was ik al verkocht. Je bent mooi, grappig en lief... ik...'

Hanna stond op. 'Stop!' Ze hijgde. Dit ging helemaal fout. Tanja had gelijk. En Joan ook. Ze had het veel te ver laten komen. Kon ze nog terug? Ze probeerde het gezicht van Jasper voor zich te halen, maar alles wat ze zag, was Pieter. 'Ik... laat maar. Je zult je vanavond alleen moeten vermaken.'

Ze wilde zich omdraaien, maar Pieter was opgestaan en omarmde haar. Voor ze zich kon verzetten, voelde ze zijn lippen op haar mond. Het was alsof er een vuurwerkpakket in haar lichaam ontplofte. Alles om haar heen vervaagde. Helder denken was onmogelijk... Ze kon niets anders doen dan zich overgeven en zijn kus beantwoorden. Dit moment stond los van de werkelijkheid. Dit was een droom, fictie, dit gebeurde niet echt...

Na een eeuwigheid liet Pieter haar los, maar zijn gezicht bleef vlakbij. Hanna kon zijn adem voelen.

'Je houdt mij niet voor de gek, dame,' fluisterde hij. 'Je bent net zo gek op mij als ik op jou. Geef het toe.'

'Nee,' fluisterde Hanna, die weer langzaam tot bezinning kwam. Ze liet Pieter los. 'Ik geef niets toe. We zijn vrienden en deze kus had nooit mogen gebeuren. We vergeten het gewoon. Dat moet!' Ze keek Pieter smekend aan. 'Je maakt me doodongelukkig zo.'

Ze zag dat haar woorden Pieter pijn deden, maar het moest.

'Ik begrijp het,' fluisterde Pieter. 'Gewoon vrienden.' Hij rechtte zijn rug en zijn stem werd krachtiger. 'Oké, jij je zin. Ik heb ook zo mijn principes. Ik zal je niet meer in verlegenheid brengen. De boodschap is duidelijk overgekomen.' Hij wachtte even en keek Hanna vastberaden aan. 'Nog zin om mee te gaan... als maatje?'

Hanna lachte opgelucht, terwijl ze haar ademhaling weer

onder controle probeerde te krijgen. Hij had het eindelijk begrepen. Nu moest ze niet kinderachtig doen. 'Eh... ja... leuk! Hoe laat spreken we af?'

De weg terug naar de tafel waar haar zussen zaten, leek eindeloos. Zou iemand hen gezien hebben? Wat dromerig laveerde Hanna tussen de andere tafels door. Pieter was verliefd op haar. Hij had haar gekust. Ze voelde haar lippen nog gloeien. Hij was goed! Vurig, maar teder... Ze had zijn passie gevoeld. Zo gretig had Jasper haar nog nooit gekust... Hanna beet op haar lip. Wat was dat nu voor gedachte? Dat sloeg nergens op. Jasper kon heerlijk zoenen. Ze probeerde zich Jaspers kussen te herinneren. Een glimlach verscheen op haar gezicht. Lief... zo anders dan...

'Hou op!' Het was eruit voor ze er erg in had. Verschrikt keek Hanna om zich heen. Een paar gasten keken verbaasd op. Met samengeknepen lippen spurtte ze naar haar tafel en plofte op haar stoel.

'Wat is er met jou?' vroeg Joan, die net haar mond afveegde.

'Niets,' hijgde Hanna. 'Niets vragen. Even niet...' Ze voelde haar hart in haar keel kloppen.

'Je ziet eruit alsof je...'

Hanna keek haar zussen dwingend aan. 'Niets vragen. Ik...' Ze keek naar het buffet. 'Ik ga iets halen.' En weg was ze.

'Die verzwijgt iets,' zei Joan. Ze stak haar hand op en zwaaide naar Johnny, die iets verderop zat. 'Ik ben zo blij dat hij even langskwam. Ik dacht echt dat hij me vergeten was. Wat zal ik aandoen?'

'Een dikke trui,' stelde Tanja voor, die al een kwartier naar het gezwijmel van Joan luisterde en het zat begon te worden. 'Het kan flink fris zijn op een boot.'

'We gaan niet varen, gekkie. Het schip ligt in de haven. Wist je dat er allemaal mensen van de set komen? Johnny's nieuwe film is opgenomen en nu gaan ze het vieren met een groot feest.' Ze keek dromerig. 'En hij heeft mij uitgenodigd om erbij te zijn. Is het niet geweldig?'

'Nou, reuze,' verzuchtte Tanja.

'Wees nou eens één keer enthousiast,' mopperde Joan.

'Eén keer? Ik doe niet anders. Je zit al een kwartier te zwijmelen over die omhooggevallen flapdrol.'

Joan keek beledigd. 'Gisteren vond je hem maar wat leuk,' zei ze.

'Helemaal niet,' reageerde Tanja. 'Ik ging met jullie mee, en heb hem vriendelijk bedankt voor de leuke avond. Dat is heel wat anders.'

'Zo, gezellig hier?' Hanna zette haar bord op tafel en ging zitten.

'Joan gaat uit met haar filmster,' legde Tanja uit. 'Hij was hier net.'

'Ik ga straks met Pieter uit,' zei Hanna en ze probeerde haar stem zo neutraal mogelijk te laten klinken.

'Tof,' riep Tanja en haar stem sloeg over van opwinding. 'Denken jullie dat ik mijn bikini alvast aan moet doen? Ik bedoel... als we naar het strand gaan...'

'Brrr,' reageerde Joan. 'Ik moet er niet aan denken om koud en verkleumd in zee rond te zwemmen vannacht.'

'Te gek juist,' riep Tanja. Het woord 'romantisch' drong zich bij haar op, maar ze kon het niet over haar lippen krijgen.

'Jij liever dan ik.' Joan grijnsde. 'Ik zal naar jullie zwaaien vanaf het dek. Misschien gooi ik jullie nog wat toast met kaviaar toe.'

'Brrr, getver,' rilde Tanja. 'Dooie visseneieren... ik vind vissen veel leuker als ze zwemmen.'

'Nou, dan laat je die eitjes lekker zwemmen, dan komen er vanzelf weer nieuwe visjes.'

Hanna propte een gevuld tomaatje in haar mond. 'Zijn we met zijn drieën in Monaco, gaan we gescheiden stappen. *Weird*, niet?'

'Helemaal niet vreemd,' riep Joan. 'We zien elkaar morgenochtend toch weer?'

'Beloofd,' bevestigde Hanna. 'Geen van ons blijft hangen, goed? Morgenochtend gaan we samen Monaco verkennen.'

Joan glunderde. 'Shoppen!'

'Naar het paleis,' mompelde Hanna.

'Terrasje pikken,' besloot Tanja.

Joan stapte in de limousine en de chauffeur sloot het portier. Hanna en Tanja stonden naast de wagen en zwaaiden.

'Ziet ze ons wel?' vroeg Tanja. De autoruiten waren verduisterd.

'Tuurlijk, je kunt wel van binnen naar buiten kijken.'

De limousine reed de oprit af en keerde de weg op, richting haven.

'Voor dat kleine kippeneindje gaat ze met de auto,' bromde Tanja.

'Johnny heeft dat zo geregeld en ze geniet ervan,' zei Hanna. 'Laat haar toch.'

Ze liepen terug naar de hal van het hotel.

'Wachten op de volgende,' zei Tanja en ze wees naar de bank. 'Kom, we gaan zitten.'

'Niet nodig,' riep Hanna en ze gaf Tanja een kus. 'Daar is Pieter. 'k Zie je morgen. Veel plezier!'

Ze liet een verbouwereerde Tanja achter en verdween samen met Pieter door de draaideur naar buiten.

'Nou, dan blijf ik over,' mompelde Tanja.

De minuten kropen voorbij en Tanja werd steeds ongeduldiger. Zou ze het verkeerd begrepen hebben? Hij had toch duidelijk gezegd dat hij naar het hotel kwam? Zou er nog een hotel zijn met dezelfde naam? Ach, nee, dat sloeg nergens op. De strandtent was eigendom van dit hotel. Het kon niet missen.

'Hé, schoonheid.'

Tanja sprong op en zag Danny de hal in komen lopen.

'Sorry, ik moest de kleedhokjes nog schoonmaken.'

'Geeft niets, hoor,' loog Tanja. 'Ik was hier ook net.' De knipoog van Rowen ontging haar niet, maar ze keek snel naar Danny. 'Ga je mee?' Ze trok Danny mee naar buiten. 'En nu?'

'Die kant op,' antwoordde Danny. 'Ben jij altijd zo?'

'Hoe?'

'Zo.'

'Hoe zo?'

Danny glimlachte. 'Laat maar, je bent gewoon zo!'

'Wat bedoel je nou, man?' Tanja stond stil. 'Hoe ben ik?'

Danny keek haar aan. 'Kortaf... brompotterig... ik ga er maar van uit dat je het zo niet bedoelt.'

Tanja zweeg. Was ze kortaf? Brompotterig? 'Hmm, sorry. Ik ben nu eenmaal...'

'Zo,' vulde Danny aan en hij gaf haar een klap op haar schouders. 'Ga je mee?'

Ze liepen in de richting van Monte Carlo. Tanja wilde wat zeggen, maar hield wijselijk haar mond. Stel je voor dat ze weer werd uitgemaakt voor brompot.

Het was druk op het plein voor het Casino. Danny trok Tanja met zich mee naar de fontein en sprong op de rand. Het water spetterde op zijn voeten. Zonder na te denken kwam Tanja naast hem staan. Ze wankelde, maar Danny hield haar vast. Een fijne waternevel viel over hen heen.

'Aaah, ik word nat,' gilde Tanja, maar ze bleef staan. Danny liep voorzichtig over de rand. Tanja hield zijn hand vast en liep achter hem aan. Ze voelde haar kleren langzaam kleddernat worden.

'Het is jouw schuld als ik verkouden word,' riep ze boven het lawaai van de fontein uit. Op dat moment klonk er een fluitje.

'Wegwezen,' riep Danny en hij trok Tanja met zich mee. Ze verdwenen in de bosjes achter de fontein.

'Snel,' gebood Danny. 'Hierlangs.'

Takken zwiepten langs haar gezicht, maar Tanja voelde haar hart bonzen. Dit was spannend. De politie zat achter hen aan. Tussen de mensen door zigzaggend renden ze over het plein. Uiteindelijk kwamen ze aan de andere kant van het plein, waar ze de straat overstaken en achter Café de Paris een steeg in schoten.

'Rennen!'

Zo hard ze konden, renden ze de brede straat uit en kwamen op een drukke Boulevard.

Danny keek achterom en ging rustiger lopen. 'We zijn ze kwijt.'

Tanja hijgde. 'Dit heb je vaker gedaan,' zei ze met hese stem. Ze wandelden de Avenue Princesse op en passeerden het Musée National.

'Is het nog ver?' Tanja had spijt dat ze haar sandalen had aangedaan. De blaar op haar kleine teen deed zeer. Danny trok haar mee naar het strand. De meeste strandtenten waren gesloten. Hier en daar zag ze groepjes mensen zitten.

'Daar,' wees Danny. Ze liepen langs de betonnen rand en klommen over een stapel stenen. Er klonk gelach en Tanja zag een kampvuur. Rondom het kampvuur zaten allemaal jongens en meiden.

'*May I introduce to you,*' riep Danny en hij wachtte tot hij alle aandacht had. '*This is Tanja, my girlfriend. She's spending the night with us.*'

Een paar jongens en meiden knikten haar toe.

'*Wilkommen,*' riep een Duitse jongen en hij gaf haar een knipoog.

'*Ciao,*' zeiden drie Italiaanse meisjes tegelijk.

'Lekker internationaal,' zei Tanja en ze ging naast Danny op het zand zitten. 'Gezellig.'

Binnen enkele seconden was ze in gesprek met een Iers meisje. Danny luisterde geïnteresseerd.

Tanja merkte dat Danny niet de enige was die hier in Zuid-Frankrijk zijn geluk beproefde en van het leven genoot. De meesten uit de groep werkten ergens in de buurt en vermaakten zich uitstekend in de avonden en nachten.

'Ik studeerde psychologie,' vertelde een Zuid-Afrikaans meisje met een speciale tongval. 'Eigenlijk meer omdat dat van mijn ouders moest. Na een jaar had ik het echt wel gezien. Ik heb mijn spaarrekening geplunderd en ben naar Europa vertrokken. Ik heb er nog geen minuut spijt van gehad.'

Tanja luisterde bewonderend naar alle verhalen. Bijna iedereen had heel bewust een keuze gemaakt om meer van de wereld te zien.

'Ook een slok?' Een fles rode wijn werd haar toegestoken, maar Tanja sloeg het aanbod af. *'Beer?'* vroeg een jongen iets verderop.

'Yes, please,' antwoordde Tanja en ze ving het blikje bier op dat de jongen haar toewierp. Met een handige beweging trok ze het blikje open. Het bier spoot eruit.

'Getver,' riep Tanja en ze keek naar Danny die ook helemaal nat was. 'Sorry!'

'Zonde,' verbeterde Danny haar. Hij stond op en trok Tanja met zich mee. 'Dan maar meteen zwemmen.'

Ze liepen uit het licht van het kampvuur. De zee voor hen lag totaal in het donker. Tanja kneep in Danny's hand en het geluid van stemmen vervaagde.

'Groot strand,' constateerde Tanja. Bij de vloedlijn liet Danny haar hand los en trok zijn T-shirt uit. Schoenen en korte broek volgden.

'Kom op, jij ook.'

Tanja aarzelde geen moment en even later stond ze in haar ondergoed naast Danny. Het was donker, maar ze kon de contouren van zijn lichaam goed onderscheiden. 'En nu?'

Met een ruk werd ze meegetrokken het water in. 'Help, nee... ik...'

Ze gingen samen kopje-onder en hoestend en proestend kwamen ze weer boven water. Danny had zijn armen om haar middel geslagen en hield haar stevig vast.

'Ik laat je heus niet verdrinken, hoor,' riep hij. Tanja legde haar handen op zijn hoofd en duwde. Samen gingen ze weer kopje-onder.

Het zeewater was nog warm. Tanja genoot van de zwempartij. Danny genoot met volle teugen van het leven. Heerlijk. Gewoon doen waar je zin in hebt. Geen gezeur over geld, make-up, carrière... Wat kon het leven toch eenvoudig zijn... als je maar wilde.

'Wie het eerst bij de kleren is,' riep Danny en hij probeerde uit het water te komen. Tanja klampte zich aan hem vast en probeerde hem tegen te houden. Draaiend en worstelend bereikten ze de vloedlijn. Danny liet zich vallen en trok Tanja met zich mee. Ze waren geen van beiden van plan om op te geven.

Plotseling stopte Danny met tegenstribbelen en Tanja ontspande. Hun blikken ontmoetten elkaar. Danny lag op zijn rug in het zand. Tanja lag half boven op hem en voelde de golven langs hen heen glijden.

'Ik...' Danny stokte. Zijn vingers streelden Tanja's wang en toen kuste hij haar. Zacht, alsof hij bang was dat Tanja de betovering zou verbreken. Maar Tanja wilde niets liever. Het was haar eerste echte kus en ze genoot ervan. Had ze zich hiervoor nog weleens druk gemaakt over hoe je moest zoenen, nu vielen alle overdenkingen weg. De wijze lessen in de meidenbladen, de tips van haar vriendinnen... niets deed er meer toe. Danny zoende onbeschrijflijk lekker. Ze had nergens gelezen dat het zo fantastisch was. Waarom schreven ze in die bladen niet gewoon dat het vanzelf ging?

'Tanja... ik...'

'Ssst,' fluisterde Tanja. 'Niets zeggen. Doorgaan.'

Minuten leken uren. Pas toen Tanja een rilling over haar natte lijf voelde, rolde ze op haar zij en liet Danny los. 'Ik heb het koud,' zei ze zacht. Danny kroop naar zijn shirt en sloeg dat om Tanja heen. Zijn armen maakten het extra behaaglijk.

Tanja leunde achterover tegen Danny en samen staarden ze naar de zee. De maan bescheen de koppen van de golven die op het strand stuksloegen. Ze voelde zich veilig. Danny was niet rijk, had geen dure wagen en geen kapsones. Hij was zichzelf, en dat was genoeg. Danny en zij pasten bij elkaar. Allebei verschoppelingen, op zoek naar... naar... ja, naar wat? In ieder geval niet naar geld en roem. Heel even dacht ze aan Parrot, aan de platenstudio en aan haar duet met William Robbins, maar al snel verdrong ze dat beeld. Danny hoefde dat niet te weten. Hij vond haar leuk om wie ze was en dat wilde ze graag zo houden. Ze zou hem niet vertellen wie ze werkelijk was: de dochter van Parrot en aankomend zangeres. Dat zou alles verpesten. Deze vakantie was van hen en daar kwam niets tussen.

8

Een droomavond

Joan stapte uit de limousine en de chauffeur begeleidde haar naar de loopplank aan de rand van de kade. Wat vertwijfeld keek Joan omhoog. Moest ze daar met haar hoge hakken op gaan lopen? Dat ding wiebelde als een gek. Alleen een ijzeren kettinkje aan weerszijden moest haar steun geven.

Joan hoorde de limousine wegrijden en stond wat verloren op de kade. In de verte klonk gelach en muziek.

'Eén, twee, drie...' Joan greep de ketting vast en zette haar rechtervoet op de wiebelige houten plank. Voetje voor voetje schuifelde ze naar het schip. 'Waarom staat er niemand die mij even helpt,' schoot het door haar hoofd. Johnny mocht haar dan wel hebben uitgenodigd op zijn schip, maar dan had hij haar toch wel mogen ontvangen hier?

Na een eeuwigheid bereikte Joan het achterdek van het schip. Joan hijgde en trok haar jurk recht. Je zag hier geen hand voor ogen. Er brandde een kleine lamp. Joan keek om zich heen. Waar moest ze naartoe? Ze voelde zich steeds ongelukkiger worden. Was dit nu waar ze zo naar had uitgekeken? Waar was Johnny? En alle andere gasten van het feest?

'Miss Joan?' Een zware mannenstem klonk achter haar en

Joan draaide zich verschrikt om.

'Ja?... eh... *yes?*'

Een grote, donkere man in een wit matrozenpak glimlachte naar haar. Joan voelde haar hart in haar keel bonzen. Dit was duidelijk Johnny niet.

'*Would you follow me?*' De man wenkte en samen liepen ze naar de smalle ijzeren trap aan de zijkant van het dek.

O, nee! Niet weer, dacht Joan toen ze de ronde gaatjes in de ijzeren platen zag. Nu kon ze begrijpen dat Tanja nooit hoge hakken droeg. Bergschoenen waren hier meer op zijn plaats geweest.

'*Can I help you?*'

Joan schudde haar hoofd. Ze wilde zich niet laten kennen en hees zich de trap op. De man liep voor haar uit naar een deur en gebaarde dat ze naar binnen mocht. '*Enjoy your evening,*' zei hij nog.

Joan trok voor de tienduizendste keer haar jurk recht en knikte beleefd. Met opgeheven hoofd stapte ze over de verhoogde drempel naar binnen. Er klonk muziek en Joan moest even met haar ogen knipperen. Het felle licht verblindde haar voor een paar seconden.

'*Hey, Joan!*' Die stem herkende ze.

'Johnny!' riep ze en ze opende haar ogen. Johnny kwam enthousiast naar haar toe gelopen. Joan lachte haar mooiste glimlach en hoopte dat haar jurk goed zat.

Johnny pakte haar arm en trok haar met zich mee naar de bar. '*Would you like a drink?*'

Voordat Joan iets kon zeggen, sloeg een meisje haar armen om Johnny heen en begon in zijn oor te fluisteren. Johnny lachte en knikte. '*All right, just a moment.*'

Het meisje verdween even geruisloos als ze was gekomen en Johnny richtte zich weer tot Joan. '*Excuse me,*' zei hij. '*Business.*'

Rare zaken, dacht Joan, maar ze was veel te blij dat Johnny weer zijn aandacht op haar richtte. Ze wees op een cocktail die een vrouw naast haar in haar handen had. *'That one,'* fluisterde ze.

Johnny knipte met zijn vingers naar de jongen achter de bar en wees naar de cocktail en vervolgens naar Joan. *'Let me introduce you to some of my guests.'*

Voordat Joan haar cocktail kon aanpakken, werd ze meegetrokken. Johnny stelde haar aan iedereen voor. Joan schudde wel vijftig handen. De namen die Johnny opdreunde, kon ze niet onthouden. Ze herkende ook niemand van de mensen. Een kwartier later liepen ze weer terug naar de bar waar haar cocktail klaarstond.

'Will you excuse me?' zei Johnny en weg was hij. Joan bleef wat teleurgesteld bij de bar staan. Lekker dan, dacht ze. Omdat ze toch iets moest doen, nam ze een slokje van haar cocktail. Johnny was in geen velden of wegen te bekennen. Hij had het vast heel druk met al die filmmensen. Joan besloot zich niet aan te stellen. Ze kon zich prima vermaken, hoor! Ze was op een prachtig schip, met beroemde mensen en zo te zien vloeide de champagne rijkelijk. Dit was toch heerlijk? Hier voelde ze zich toch thuis? Dit was toch wat ze wilde?

Joan leunde tegen de bar en keek om zich heen. Overal stonden mensen met elkaar te praten. Ze zagen er stuk voor stuk perfect uit. Mooie mensen in mooie kleding. Joan herkende allerlei bekende modemerken. Wat een geluk dat ze haar Gucci-jurkje had meegenomen. Daar kon ze hier gerust in verschijnen. Ze viel niet op en zo te zien accepteerde iedereen haar aanwezigheid. Ze hoorde er echt bij. Tevreden nipte ze weer aan haar cocktail.

Iedereen was druk met elkaar aan het praten. Hier en daar dansten een paar mensen. Joan genoot van de vrolijkheid om zich heen.

'Another one?' De stem van de jongen achter de bar deed haar opschrikken uit haar gedachten.

'Eh... *no, champagne please.'* Ze was dol op champagne.

De jongen knikte en zette een sprankelend glas champagne neer. *'Caviar?'*

Joans ogen begonnen te stralen. *'Yes, please.'*

Een schaaltje kaviaar en toast kwam naast haar glas te staan. Joan pakte het lepeltje en schepte een klodder kaviaar op een toastje. Dit was genieten. Het toastje verdween in haar mond en de zilte smaak van de kaviaar explodeerde op haar tong. Hier kon ze zo intens van genieten.

'Having a good time?' Johnny rende langs en gaf haar een knipoog. Nog voordat Joan antwoord kon geven, was hij alweer verdwenen. Een meisje met lang, rood haar liep met hem mee. Waarschijnlijk keek Joan teleurgesteld, want de jongen achter de bar boog zich naar haar toe en fluisterde: *'He's not worth it.'*

Joan keek de jongen aan. Waar sloeg dat op? Dacht hij soms dat ze een of andere groupie was die blind van verliefdheid achter Johnny aan rende? Mooi niet!

Haar ogen flitsten. *'Mind your own business,'* zei ze fel.

De jongen hief zijn armen en verdween naar de tap. Hij was duidelijk beledigd. Net goed. Hij moest niet denken dat ze ook maar iets van hem aannam. Wat wist hij er nu van? Hij werkte hier alleen maar. Ze was door Johnny zelf uitgenodigd. Joan nam een slok van haar champagne en spoelde de smaak van de kaviaar weg. Heerlijk. Ze besloot hier en daar een praatje te gaan maken. Ze kon toch niet eeuwig aan de bar blijven hangen. Dat zou wel erg opvallen. Straks dachten de gasten nog dat ze alcoholist was.

Onopvallend ging Joan bij een groepje vrouwen staan die druk met elkaar aan het praten waren. *'Hi,'* zei ze. *'I'm Joan.'*

Het werd plotseling heel stil. Wat onhandig hief ze haar glas. *'The champagne is good, isn't it?'*

Een paar vrouwen knikten, maar hun gezichten stonden strak. Ze lieten duidelijk merken dat ze het gesprek verstoord had. Joan begreep de boodschap. Dit gesprek was natuurlijk vertrouwelijk. Stom!

'*Eh... I'm sorry... excuse me,*' zei ze en ze verdween richting dansvloer. Achter zich hoorde ze de vrouwen lachen. Joan stapte de dansvloer op. Met haar champagneglas in haar hand, wiegde ze met haar heupen. De muziek was opzwepend en Joan sloot haar ogen. Dansen was altijd goed. Dat kon je prima in je eentje doen. Op de achtergrond hoorde ze de vrouwen nog steeds lachen. Zie je wel? Iedereen had plezier. Wat was ze toch een geluksvogel. Dit was gewoon fantastisch. Een ervaring voor het leven.

Joan dacht aan haar zussen. Die arme Tanja zat op het strand bij een kampvuur op harde stenen. Misschien dronk ze wel bier uit een blikje. Yak, hoe armoedig. Ze snapte niet dat Tanja dat leuk vond.

En dan Hanna... die liet zich verleiden door een jongen van de receptie. Ze had Jasper maar een saaie mus gevonden, maar hij had wel een goede baan en hij had smaak. Dat kon je van Hanna niet zeggen. Hanna was een lieverd, maar stijl had ze niet. Dat die Pieter op haar viel, was bijzonder te noemen.

'*Having a good time?*' De stem van Johnny klonk vlak bij haar oor. Joan opende haar ogen en keek recht in zijn twinkelende ogen.

'*Great,*' zei ze en ze sloeg haar armen om hem heen. '*Dance with me?*'

Johnny pakte haar middel en drukte zich tegen haar aan. Samen wiegden ze op de maat van de muziek. Joan legde haar hoofd tegen zijn schouder en zuchtte diep. Dit was het ultieme genot. Ze danste met Johnny Pedd! Minutenlang hielden ze elkaar vast.

Laat dit nooit eindigen, dacht Joan.

'*You're gorgeous,*' fluisterde Johnny in haar oor. '*Wanna come with me to some place quiet?*'

Joan keek op en haar lichaam verstrakte iets. Zonder een antwoord te hebben gegeven, werd Joan meegetrokken naar de rand van de dansvloer. '*Come on,*' drong Johnny aan. '*I'll show you the rest of my yacht.'*

Joan ging met Johnny mee naar de deur en even later liepen ze door een lange gang met hoogpolig rood tapijt. Aan weerszijden waren deuren. Op iedere deur stond een naam.

'*Crew,*' legde Johnny uit.

Zo te zien was er veel personeel, want ze passeerden wel tien hutten. Johnny sloeg een arm om Joan heen. '*Did anyone tell you that you are beautiful?*'

Joan schoot in de lach. '*Yes, hundreds of guys. I'm sorry.*'

Johnny bleef staan. Hij pakte Joan bij haar schouders beet en glimlachte. '*But did those guys tell you, you have the most beautiful eyes on earth?*'

'*Yes, they did.*' Heel even schoot het door Joan haar hoofd dat hij wel erg cliché was. Dat ze mooi was, dat ze de mooiste ogen van de wereld had... Hij kon toch wel iets originelers verzinnen? In zijn films was hij een stuk romantischer.

Toen voelde ze zijn lippen op haar mond. Heel even was ze van haar stuk gebracht. Ging hij haar hier, in deze personeelsgang, zoenen? Joan voelde dat haar lippen niet meewerkten. Hier had ze zich toch heel wat anders van voorgesteld. Ze duwde Johnny van zich af.

'*Don't,*' zei ze zacht.

Johnny keek verbaasd.

'*Not here,*' vervolgde Joan.

Het gezicht van Johnny klaarde op. '*O... all right.*' Hij knikte en duwde Joan in de richting van de trap. '*Some place quiet? You naughty girl.*'

Een rustige plek? Dat bedoelde ze helemaal niet. En die opmerking dat hij haar een ondeugend meisje vond, sloeg nergens op. Hij moest echt niet denken dat ze...

Ze liepen de trap op en kwamen op het bovendek. De inktzwarte lucht was bezaaid met sterren. Joan vergat op slag haar bedenkingen. Dit was superromantisch!

Joan schreed naar de voorplecht van het schip en boog over de reling. Beneden klotste het water tegen het schip. In het zeewater weerspiegelden de talloze sterren. Zelfs de maan was duidelijk te zien. Joan keek op en staarde naar het prachtig verlichte Monaco. De huizen die tegen de bergwand aan waren gebouwd, lieten duizenden lichtjes zien. De schijnwerpers die gericht waren op het paleis, links boven op de berg, gaven een geel schijnsel af dat de gehele omtrek in gloed zette. Auto's reden langs de haven en ook op andere schepen brandde licht. Hier en daar klonk gelach. Joan genoot van het sprookjesachtige uitzicht. Hier kon ze de hele nacht wel blijven staan.

'*You're my star,*' klonk de zachte stem van Johnny in haar oor. Hij was achter haar komen staan en legde zijn handen op haar heupen. Joan sloot haar ogen en voelde zijn lippen in haar nek. Ze kreeg kippenvel en huiverde.

Johnny's lippen gleden naar beneden, langs haar blote rug over haar schouderbladen en weer omhoog naar haar hals. '*You taste sweet.*'

Ze smaakte helemaal niet zoet, toch? Eerder zout, naar zweet. Joan voelde haar heupen draaien en voor ze ook maar iets kon bedenken, had Johnny haar omgedraaid en drukte hij haar tegen de reling met zijn lichaam. Ze voelde zijn lippen rondom haar mond aansluiten. Alle lucht werd weggezogen. Johnny drukte zijn gezicht dichter tegen haar aan. Zijn wang blokkeerde haar beide neusgaten. Joan kreeg geen lucht meer en probeerde zich los te trekken, maar Johnny legde haar reactie verkeerd uit en drukte zich nog dichter tegen haar aan.

In paniek draaide ze haar hoofd, zodat Johnny haar losliet. Er stroomde weer lucht door haar neusgaten en ze haalde diep adem.

'*Oh là là,*' zei Johnny en hij boog zich weer naar haar toe. '*You're a fighter.*'

Joan verbaasde zich over zo veel onbenul. Had hij nou echt niet door dat ze bijna stikte?

'John,' zei ze met hese stem. '*I don't think that...*'

Ze kon haar zin niet afmaken. Johnny duwde zijn lippen alweer stevig op haar mond. Maar deze keer reageerde ze sneller.

'No,' riep ze en ze gaf Johnny een flinke duw. 'Not *like this*.'

Het leek wel of Johnny haar leuker vond naarmate ze bozer werd. Hij lachte en zwaaide ondeugend met zijn wijsvinger. '*You make me crazy, girl. But don't push it*.'

Joan schudde haar hoofd en liep naar de trap. Die gozer had echt een bord voor zijn kop. Als dit het enige was wat hij te bieden had...

'*Okay, okay*,' riep Johnny en hij rende achter haar aan.

Joan liep zonder te reageren de trap af. Hij moest eerst maar eens gaan nadenken over zijn tactiek.

'Joan!'

Zijn dreunende voetstappen deden de trap trillen. '*Stop, please...*'

Joan bleef onder aan de trap staan en draaide zich om. Ze keek Johnny met een onbewogen gezicht aan.

'*Tell me what you want, then*,' fluisterde hij.

Joan voelde haar weerstand afbrokkelen. Kijk, dit was mooi. Nu had ze hem waar ze hem hebben wilde. Met een zelfingenomen blik boog ze zich naar hem toe. '*Let's dance*.'

Ze trok Johnny achter zich aan, door de gang naar de feestzaal. De dansvloer was leeg. De meeste gasten zaten bij elkaar in de grote leren banken of stonden bij de bar. Joan liep de dansvloer op. De muziek was lekker opzwepend. Samen met Johnny danste ze de sterren van de hemel. Bewonderend keek ze naar zijn bewegingen. Hij kon goed dansen.

De muziek ging over in een langzamer tempo. Joan voelde Johnny's armen om haar heen en ze vleide haar hoofd tegen zijn schouder.

Johnny streelde haar haar. '*You're special, girl*,' fluisterde hij.

Joan glimlachte. Dit was precies wat ze wilde horen. Ze

was vastbesloten iets meer voor Johnny te gaan betekenen dan de eerste de beste fan. Stel je voor, Joan en Johnny Pedd... in alle bladen ter wereld als het perfecte droompaar. Wat zouden haar klasgenoten jaloers zijn!

'Niet zo snel!' Hanna greep de lantaarnpaal vast en hijgde. 'We trainen toch niet toevallig voor de marathon van Monaco?'

Pieter liep een paar passen terug. 'Ga ik te snel?'

'Nogal, ja. Is het nog ver?'

'Hier naar links en dan nog twee trappen op...'

'Trappen?' Het gezicht van Hanna betrok. 'Dat red ik echt niet meer, hoor!'

'Je moet... anders heb je alles voor niets gedaan.'

Hanna ging rechtop staan. 'Ik vermoord je,' hijgde ze. 'Gisteren heb je me achter op je motor meegesleurd naar de top van de berg. Vandaag doe je de coopertest met me... ik ben gewoon bang voor morgen. Hoe erg kan het nog worden? Diepzeeduiken met een rietje? Of...'

Pieter begon te lachen. 'Hahaha, goed idee. Ik zal erover nadenken.'

'Als je het maar uit je hoofd laat,' riep Hanna. Ze wilde Pieter een stomp met haar vuisten geven, maar hij sprong opzij. 'Pak me dan,' riep hij.

Dat liet Hanna zich geen twee keer zeggen. Ze zette zich af tegen de lantaarnpaal en stoof achter Pieter aan. Met haar laatste krachten haalde ze hem in en greep zijn shirt beet.

Samen renden ze een trap op... en nog één.

Boven aan de tweede trap bleef Pieter staan. Hanna botste met haar hoofd tegen zijn rug op.

'Hola,' zei Pieter en hij draaide zich om. Zijn handen omklemden haar middel en even later stonden ze tegenover elkaar.

'Waar zijn we?' vroeg Hanna, die zich langzaam loswurmde uit Pieters greep. De afdruk van zijn warme handen prikten nog in haar zij. Ze moest afstand houden. Hem niet te veel aanmoedigen. Ze waren vrienden!

Heel even dacht ze terug aan de kus van vanavond in de eetzaal, maar ze dwong zichzelf ergens anders aan te denken. 'Wat voor weer zou het zijn in Amsterdam?' Het was eruit voordat ze er erg in had.

'Regen, regen en nog eens regen,' lachte Pieter en hij haalde een sleutel uit zijn zak. 'Ga je mee?'

Een hoog, gietijzeren hek doemde voor hen op. Pieter maakte het met de sleutel open. 'Na u,' zei hij.

Hanna liep door het hek en keek nieuwsgierig om zich heen. Ze stonden duidelijk op het dak van een huis. Het dak was omheind met een groene haag en er stonden meubels in het midden. Een vierkante tafel waarop kaarsjes brandden. Er stonden twee glazen op de tafel en een fles met een gouden etiket. In het flauwe schijnsel van de kaarsen kon Hanna niet precies zien wat er op het etiket stond, maar aan de vorm van de fles te zien, was het champagne. Naast de fles stond een mandje stokbrood. De plank met kaasjes maakte het tafereel compleet.

'Wat...' stamelde Hanna en ze keek Pieter vragend aan. 'Op wiens huis staan we nu? Wat nou als die mensen hier boven...'

'Ssst...' Pieter legde zijn wijsvinger op haar lippen. 'Ik heb alles geregeld. Niemand komt ons hier storen.'

Hij sloot het hek en begeleidde Hanna naar de bank. 'Mag ik u een glaasje champagne aanbieden?'

Hanna aarzelde. Champagne? Boven op het dak van een enorm huis met uitzicht op de Middellandse Zee? Was dat niet al te romantisch... voor alleen vrienden? Waarom gingen ze niet gewoon aan de haven op een terras iets drinken? Hanna voelde zich niet op haar gemak. Kon ze Pieter wel vertrouwen? En erger: kon ze zichzelf wel vertrouwen?

Het lichaam van Pieter stak scherp af tegen de heldere sterrenhemel. Hanna's ogen gleden over zijn gespierde rug, benen, armen... Jasper zou er twee keer in passen... Hou op! Waar sloeg dat op? Echte liefde heeft niets te maken met uiterlijk.

De kurk knalde omhoog en Pieter liet het schuim in een van de glazen lopen. Langzaam schonk hij het glas vol en gaf het aan Hanna. 'Alsjeblieft.'

Hanna deed haar mond open om wat te zeggen, maar er kwam geen geluid uit haar keel. Wat moest ze zeggen? Pieter deed toch niets verkeerds? Wat drinken en eten kon toch geen kwaad? Ze had best trek na die lange wandeling. Het was tenslotte een prachtige avond. Zelfs in deze late avonduren was het nog ruim boven de twintig graden. En trouwens... ze moest hem nog wat vragen over Rowen. Dat gedoe met dat opnameapparaat achter de balie van de receptie zat haar behoorlijk dwars.

'Proost,' zei Pieter en hij tikte zijn glas tegen dat van Hanna.

'Eh... ja... proost.'

Ze namen allebei een slok.

'Is het hier niet prachtig?' fluisterde Pieter en hij wees naar de zee. 'Gisteravond heb ik je naar de top van de berg gebracht en heb ik je Monaco laten zien. Een toeristische route, zeg maar. Niets bijzonders. Dat doe ik wel vaker met...' Hij aarzelde. 'Met vrienden,' maakte hij zijn zin af.

'Van wie is dit huis?' vroeg Hanna om van onderwerp te veranderen.

'Van kennissen via via,' legde Pieter uit. 'Alleen ik heb de sleutel.'

'Dus hier kom je ook vaak met vrienden?'

'Nee.'

Hanna trok haar wenkbrauwen op. 'Maar je zei net dat...'

'Ik zei dat ik de stadstour met vrienden deed,' viel Pieter haar in de rede. 'Hier kom ik meestal alleen.' Hij pakte haar glas en zette beide glazen op de tafel. 'Kom eens mee.'

Hij trok Hanna mee naar de rand van het dak. Vlak voor

de heg bleven ze staan. Hanna kon recht naar beneden kijken en voelde haar maag draaien.

'Wat hoog,' fluisterde ze.

Het huis zelf had vier verdiepingen, maar omdat de straat vrij steil naar beneden liep, leek het vele malen dieper.

'Als je nu langs mijn vinger kijkt,' zei Pieter, en hij strekte zijn arm vlak langs haar gezicht, 'dan kun je Nice zien.'

Hanna volgde de vinger van Pieter en zag een bonte verzameling kleine lichtjes. 'Wat mooi!' Ze genoot van het uitzicht. 'Nice moet een mooie stad zijn,' fluisterde ze.

'Nou en of,' antwoordde Pieter, die achter haar stond. Hij boog zich naar haar toe. Zijn lippen raakten bijna haar wang. 'En je kunt er heerlijk vis eten. De restaurantjes in Rue Masséna hebben hun tafels buiten op straat staan. Ik ken een tent waar ze enorme stellages op tafel serveren vol met allerlei soorten vis. Terwijl je zit te eten, lopen de mensen langs. Supergezellig.'

Hanna voelde zijn warme adem langs haar gezicht glijden. Ze hoefde alleen maar naar achteren te leunen en ze zou zijn hele lichaam voelen.

'Echt?' zei ze en haar stem trilde.

Hanna boog iets voorover. 'Als je hier valt, overleef je het niet,' stamelde ze. Ze voelde Pieters handen om haar middel. In een flits zag ze zichzelf in gedachten naar beneden vallen. Snel deed ze een stap naar achteren en drukte zich tegen Pieter aan. 'Eh... zullen we gaan zitten?'

'Hoogtevrees?'

'Nee, gewoon wat *dizzy* van de champagne,' lachte Hanna en ze draaide zich om. Heel even keken ze elkaar in de ogen. Hanna voelde haar hart bonzen en haar ademhaling werd zwaarder.

Pieter liet haar los. 'Sorry, ik...'

'Geeft niet,' zei Hanna snel. 'Wil je nog wat drinken? Ik wilde je nog wat vragen.'

Terwijl Pieter de glazen weer volschonk, vertelde Hanna

wat ze die avond had gezien. 'Nemen jullie altijd de gesprekken op die je houdt met nieuwe gasten?' vroeg ze tot slot.

Pieter schudde zijn hoofd. 'Nee, vreemd. En je zei dat Rowen een kopie maakte van het inschrijfformulier en het daarna in zijn broekzak stopte?'

Hanna knikte.

Het was even stil. Pieter keek bedenkelijk. 'We mogen helemaal geen kopieën maken, laat staan dat we die meenemen. Waarom zou Rowen dat doen? Wat heb je aan de gegevens van nieuwe gasten? En waarom neemt hij de gesprekken op?'

Pieter keek naar Hanna. 'Weet je zeker dat je...'

Hanna's gezicht betrok. 'Ik zit dit niet te verzinnen, hoor! Geloof je me niet?'

'Jawel, maar...'

'Wat maar?'

'Ik ken Rowen al een behoorlijk lange tijd en...'

'O... en mij ken je pas een paar uur... Wat wil je daarmee zeggen?'

'Niets... zo bedoel ik het niet, maar...'

Hanna sloeg haar armen over elkaar. 'Ik vertel jou nooit meer wat.'

'Toe Hanna, niet meteen vooroordelen hebben en het ergste van mij denken.'

'Ik van jou?' Nu was Hanna echt boos. 'Jij van mij, zul je bedoelen. Jij geeft net aan dat je Rowen eerder gelooft dan mij, omdat je hem langer kent. Wie gaat er nu uit van vooroordelen?'

'Het spijt me,' zei Pieter. 'Maar het klinkt ook zo ongeloofwaardig.' Hij sloeg zijn arm om Hanna heen. 'Weet je wat? Ik vraag het hem morgenochtend als ik zijn dienst overneem.'

Hanna gaf geen reactie en bleef strak voor zich uit staren. Ze trok haar schouders op. Ze was nog niet echt overtuigd.

'Toe, laten we deze avond nou niet verpesten door misverstanden.' Pieter streek een haarlok uit haar gezicht. 'Je bent te mooi om zo lang boos te zijn.'

'Boos kan ik ook heel mooi zijn.' Hanna grijnsde. 'Doe mij nog maar een broodje brie.'

Na een uur was de champagnefles leeg en waren de kaasjes met stokbrood verorberd. Hanna genoot van Pieters gezelschap. Hij kon werkelijk overal over praten en wist veel meer dan je op het eerste gezicht van hem zou denken.

Hanna leunde met opgetrokken benen tegen hem aan en staarde naar de sterren. Ze zwegen allebei. Pieters vingers streelden haar haar.

Een doordringend piepgeluid verbrak de stilte.

'Sms?' merkte Pieter op.

Hanna had het ook gehoord, maar ze wilde dit moment niet laten bederven.

'Misschien is het Jasper,' opperde Pieter.

Hanna verstijfde. Jasper... helemaal vergeten. Ze vloog overeind en schoof haar blote voeten in haar schoenen.

'Eh... ja, misschien moet ik toch even kijken,' zei ze. Haastig pakte ze haar mobiel uit haar tas. Het was Jasper. Ze hield haar telefoon zo dat Pieter het scherm niet kon zien.

AG? Ben 1zm. MisU xxxxxxxxx

'En?' De stem van Pieter klonk nieuwsgierig.

'O, niets bijzonders,' zei Hanna en ze klapte haar mobiel dicht. 'Gewoon.'

'Ik ben best jaloers op die Jasper,' zei Pieter.

'Hoezo?'

'Nou, hij moet werkelijk supergeniaal, knap en lief zijn als hij een meisje zoals jij kan vasthouden.'

Hanna keek verlegen. 'Dat valt wel mee, hoor. Jasper is...' Ze zweeg. Ze wilde helemaal niet over Jasper praten nu.

'Moet je niet even een sms'je terugsturen?' vroeg Pieter.

'Ja, sorry... vind je het niet erg?'

Pieter schudde zijn hoofd. 'Tuurlijk niet. Ga je gang.'

Terwijl Pieter achteroverleunde en van het uitzicht genoot, stuurde Hanna een berichtje terug.

Mis jou ook. Zit op terras. Gezellig xxx

Hanna stopte haar telefoon weer terug in haar tas. Het was niet echt gelogen. Ze zaten tenslotte op een soort van terras.

'Moeten we dit even opruimen?' vroeg ze, terwijl ze naar de glazen en het bord wees. 'Kan ik ergens...'

Pieter pakte haar arm. 'Is allemaal geregeld.' Zijn stralende ogen waarschuwden Hanna. Ze kende Pieter goed genoeg om te weten dat er weer iets stond te gebeuren.

'Ik heb een idee,' bevestigde Pieter haar gedachten. 'Heb je nog even?'

Hanna keek op haar horloge. 'Eh... ja... maar...'

'Mooi. Pak je spullen, we gaan naar Nice.'

'Naar Nice? Maar dat ligt...'

'Kom mee!'

Voordat ze ook maar iets kon zeggen, werd ze meegetrokken. Ze vlogen de trappen weer af.

'Maar hoe wil je in Nice komen?' riep Hanna. 'Je motor staat bij het hotel.'

'Taxi,' riep Pieter en hij zwaaide naar een donkere auto die net de straat in kwam rijden.

'Het is maar een kwartiertje rijden, hoor!' zei Pieter en hij spoorde de chauffeur aan om flink gas te geven.

Hanna leunde achterover. Pieter wist haar iedere keer weer te verrassen. Het was alsof ze continu in een achtbaan zat. Iedere minuut was anders bij Pieter.

'Houd je van vis?' vroeg Pieter en hij sloeg zijn armen om haar heen.

'Ja, maar...' Ze keek Pieter aan. 'We gaan toch niet doen wat ik denk dat we gaan doen?'

'Ik weet niet wat jij denkt dat we gaan doen,' zei Pieter met een grijns. 'Wacht maar af. Ik ga jou de avond van je leven bezorgen.'

9
De val

'Ik heb niet zo'n trek.' Hanna schoof haar stoel naar achteren en keek met een vies gezicht naar de vier croissantjes op Tanja's bord. 'Hoe krijg je dat allemaal naar binnen?'

'Gewoon,' mompelde Tanja. 'Een voor een.'

'Doe niet zo ordinair,' siste Joan. 'Je hebt een mes en vork gekregen.'

Tanja keek op. Een klodder aardbeienjam rolde langs haar kin naar beneden en viel op haar bord. 'Ik ben de halve nacht op het strand geweest. Daar krijg je berehonger van.'

'Hoe was Danny?' Hanna nam een slok van haar thee. Haar maag rommelde en ze voelde zich behoorlijk misselijk. Stom ook om midden in de nacht vis te eten op een terras in Nice.

'Schatje.'

'Is dat het enige wat je erover kwijt wilt?' vroeg Joan nieuwsgierig. 'Wat hebben jullie gedaan? Hebben jullie...'

'Gezoend?' Tanja glunderde. 'Ja, en het was geweldig.'

Hanna en Joan keken hun zus met open mond aan. Tanja had gezoend... echt gezoend!

'Vertel...' drong Joan aan.

'Danny is cool,' vervolgde Tanja. 'Hij is, net als ik, vegetariër.'

'Goh, wat een geweldig nieuws,' mompelde Joan. 'Op dat soort sappige details zitten we echt te wachten. Au!' Ze keek Hanna, die haar zojuist onder tafel een flinke trap had gegeven, vuil aan.

'Hij leeft van dag tot dag,' ging Tanja dromerig verder. Ze had niets gemerkt van het gerommel onder tafel. 'Hij leeft van dag tot dag en geld zegt hem niets. Die jongen staat zo dicht bij zichzelf. Ongelooflijk.'

'Goh,' stamelde Joan, die de boze blik van Hanna ontweek. 'Hoe anders.'

Tanja schraapte de klodder jam van haar bord met haar vinger. 'Genoeg over Danny. Hoe was het bij onze filmster op de boot?'

'Ja,' zei Hanna. 'Vertel.'

Joan at haar laatste stukje fruit op en glimlachte. 'Great! Ik ben vreselijk verwend. De mensen waren ook heel interessant... veel mensen uit Hollywood natuurlijk.'

'Natuurlijk,' herhaalde Tanja terwijl ze nog een stuk kaas in haar mond stak.

'En Johnny?' vroeg Hanna. 'Hoe was hij? Ik bedoel...'

'Ik weet wat je bedoelt,' zei Joan met een geheimzinnige blik. 'Ik kan je er natuurlijk niet te veel over vertellen, maar we hebben het heerlijk gehad samen.'

Tanja en Hanna keken haar vragend aan. Er viel een stilte.

'Nou,' drong Tanja aan. 'Hoe heerlijk?'

Joan aarzelde.

'Je kunt het ons gerust vertellen, hoor,' lachte Hanna. 'We zullen de pers echt niet inlichten.'

Joan boog haar hoofd. 'Daar gaat het niet om. Ik... eh... ik heb Johnny beloofd om niets te zeggen. Tegen niemand. Hij is daar nogal gevoelig in. Voor de buitenwereld zijn we gewoon vrienden.'

'Aha, ik begrijp het.' Tanja grijnsde. 'Er is gewoon niets gebeurd. Geef het nu maar toe. Onze zus heeft een blauwtje gelopen.'

'Helemaal niet!' Joans stem sloeg over en een aantal gasten keek hun kant op. 'Johnny is geweldig... zijn kus was... uniek. Ik ben nog nooit door een jongen zo gezoend.'

'Klinkt gaaf,' gaf Tanja toe. 'En ik geef toe... zo'n typje past ook echt bij jou. Acteur, beroemd, rijk...'

'Ja,' verzuchtte Joan. 'En hij vind dat ik talent heb. Hij heeft me voorgesteld aan een regisseur, die me aanmoedigde om casting te komen doen in Hollywood.'

'Echt?' Hanna keek verrast. 'Meende hij dat?'

'Ja, waarom niet?'

'Nou...' Hanna wachtte even voordat ze verderging. 'Je hoort weleens verhalen van regisseurs die onschuldige meisjes met zo'n smoes met zich meelokken. Uiteindelijk belanden die meiden dan in een of andere pornofilm.'

'Doe niet zo paranoïde,' lachte Joan. 'Johnny zou zoiets nooit doen. Hij is gek op mij.'

'Als je maar voorzichtig doet,' besloot Hanna.

'Over voorzichtig gesproken,' zei Joan. 'Hoe was jouw avond? Voorzichtig geweest?'

Hanna knikte. 'Ja, hoor!' Haar ogen schitterden. 'We hebben champagne gedronken op het dak van een huis, ergens boven op de berg. Het was hartstikke gezellig. En daarna zijn we met een taxi naar Nice gegaan.'

'Naar Nice?' Joans ogen werden groot. 'Hoe was het daar? Je schijnt daar geweldige shops te hebben. Meer nog dan hier in Monaco. We reden met Johnny van de week vanaf het Casino door *Avenue des Beaux-Arts* hier, maar dat was maar een piepklein straatje. Wel met Dior, Louis Vuitton en Chanel, maar geen jonge *brands*. Volgens Johnny moet je voor hippe merken echt in Nice of St.-Tropez zijn.'

Tanja keek verveeld bij het horen van al die modenamen. 'Wat heb je in Nice gedaan?'

'Gegeten.'

'Gegeten?'

'Ja,' Hanna straalde. 'We hebben vis gegeten op een terras in een drukke winkelstraat. Waarom denk je dat ik nu niets eet? Die vis zit er nog in.'

'Volgens mij was jij ook het laatst thuis vannacht,' merkte Joan op.

'Jij lag trouwens al in bed toen ik kwam,' zei Tanja tegen Joan.

'Eh... ja, ik wilde het niet zo laat maken. En Johnny had nog besprekingen met zijn regisseur.'

'Hebben jullie nog wat afgesproken?' Tanja keek Joan onderzoekend aan. Joan was nooit als eerste thuis.

'Hij zou bellen,' antwoordde Joan en ze keek naar de tafel verderop waar Johnny in druk gezelschap aan het ontbijten was. 'We laten elkaar vrij en willen geen aanleiding geven tot roddels.'

'Ja, ja... Ik begrijp het.' Tanja stond op. 'Ik ga nog wat yoghurt halen.' Ze keek Hanna doordringend aan. 'Jij ook?'

'Eh, ja... ik loop met je mee.'

Ze liepen langs de tafeltjes naar het buffet.

'Ze liegt,' siste Tanja. 'Volgens mij is ze hartstikke down. Heb je in haar ogen gekeken?'

'Ja,' antwoordde Hanna. 'Maar als ze zelf niets wil vertellen, kunnen we niets doen.'

'Die Johnny is een eersteklas kwal,' ging Tanja verder. 'Die gozer vindt zichzelf fantastisch. Joan mag dan wel zogenaamd *hard-to-get* spelen, maar volgens mij houdt ze dat nooit vol. Ze is zo geobsedeerd door zijn beroemdheid en zijn geld.'

'Daar kan ze niets aan doen,' verdedigde Hanna haar. 'Ze is opgegroeid met rijkdom, met *fashion*, met *style* en design... zoiets kun je haar niet kwalijk nemen. Jij bent toch ook heel anders?'

'Hoezo?'

'Jij geeft niet om geld, je hebt niets met etiquette...'

'Wat moet ik nou met etiketten?'

Hanna lachte. 'Geen stickers... etiquette... met een "q"! Goede manieren.'

'Ik heb heel goede manieren, hoor! Wat zeur je nou?'

'Oké, oké, laat maar. Wat ik wil zeggen, is dat we alle drie totaal anders zijn. En dus gaan we ook anders met de dingen om. Dat moeten we in elkaar respecteren.'

Tanja zuchtte. 'Doe niet zo moeilijk. Je bedoelt gewoon dat we elkaar met rust moeten laten?'

'Zoiets, ja. Jij nog wat yoghurt?' Hanna schepte yoghurt in Tanja's bakje.

Samen liepen ze terug naar hun tafel, waar Joan voor zich uit zat te staren.

'Ik heb nog iets te vertellen,' begon Hanna toen ze zaten. Terwijl ze in haar yoghurt roerde, vertelde ze dat Rowen kopieën maakte van inschrijfformulieren van nieuwe gasten en het intakegesprek opnam. Tanja en Joan luisterden aandachtig.

'Pieter denkt dat ik me heb vergist,' ging Hanna verder. 'Maar ik weet toch zeker wel wat ik gezien heb?'

'Zou het iets te maken hebben met die inbraken?' vroeg Tanja.

Hanna en Joan keken haar wat wazig aan.

'Ja, het is meer een gevoel dat naar boven komt,' legde Tanja uit. 'Jij had het over een deftig Duits echtpaar en toen moest ik denken aan die deftige meneer Van Dongen die hier gisteren moest uitchecken omdat er thuis bij hem was ingebroken. Pieter vertelde toch dat dat vaker gebeurde hier in het hotel.'

Het bleef even stil.

'Ja, sorry... het slaat helemaal nergens op,' verontschuldigde Tanja zich. 'Ik weer met mijn geratel.'

Hanna schudde haar hoofd. 'Nee, je hebt gelijk. Het zou een hoop dingen verklaren.' Ze dacht na. 'Stel dat Rowen de huisgegevens van rijke gasten kopieert en ze doorsluist naar vrienden. Die weten dan dat de mensen niet thuis zijn en kunnen op hun gemak gaan inbreken.'

'Jullie lezen te veel detectives,' mompelde Joan. 'Die Rowen lijkt me echt geen crimineel.'

'Dat zei Pieter ook al,' riep Hanna. 'Maar stel nou dat het waar is? Juist omdat iedereen hem zo aardig vindt, kan hij zijn gang gaan.'

'Iets voor je oom?' zei Tanja. 'Hij wilde toch alles weten wat ons opviel? Als Pieter het niet gelooft...'

'Goed idee,' zei Hanna. 'Bel jij?'

Joan schudde haar hoofd. 'Ik denk er niet aan. Ik ga mijn oom niet lastigvallen met detectiveverhalen. Ik geloof niet in die sprookjes.'

'Gisteravond anders wel,' snauwde Tanja. 'Je eigen sprookje houd je behoorlijk goed in stand.'

'Wat bedoel je daarmee?' Joan keek argwanend.

'Wij laten jou in je waarde... doe jij dat dan met ons. Ik vind dat je je oom moet bellen!'

Joan wilde nog wat zeggen, maar ze sloot haar mond.

'Oké, ga je gang.'

Ze gaf haar mobiel aan Hanna. 'Bel jij maar. Jij kunt het verhaal tenslotte beter vertellen. Sneltoets acht,' zei ze. 'Maar niet hier.'

Hanna nam de telefoon aan en stond op. 'Ik ga vast naar onze kamer. Tot zo!'

Hanna was nog aan het praten toen Joan en Tanja de hotelkamer binnenstapten.

'Dat is goed, doen we! U hoort van ons. Dag, meneer Van den Meulendijck.' Hanna zag haar zussen binnenkomen. 'Groetjes ook van Joan en Tanja. Dag.'

Ze klapte de mobiel dicht en gaf die terug aan Joan. 'Hij vond ook dat we het moesten uitzoeken. Er waren meer incidenten geweest de laatste maanden. Hij zou het personeel door laten lichten en vroeg of wij onze ogen en oren open willen houden. Hij belt terug zodra hij iets te melden heeft.'

'En nu?' Hanna liep naar de badkamer en pakte haar tandenborstel. 'Wat is het plan voor vandaag? Door al die afspraakjes zijn we niet echt toegekomen aan overleg.'

'Ik wil wel naar Nice,' zei Joan en ze zwaaide met haar creditcard. 'Shoppen. En jullie doen mee. Ik trakteer op nieuwe kleren, make-up, schoenen...'

'Ik hoef geen...'

'Tuurlijk wel,' viel Joan haar in de rede. 'Je wilt toch wel indruk maken op die Danny?'

'Dat bereik ik echt niet met nieuwe kleren, hoor!'

'Iedere jongen wil diep in zijn hart niets anders dan een mooie, sexy vriendin.'

'Danny is anders.'

'*Bullshit*,' riep Joan. 'We kunnen op zijn minst mooie lingerie gaan kopen. Dat kan zelfs Danny niet lelijk vinden. Die vleeskleurige lappen die jij altijd draagt, moeten nodig vervangen worden.'

'Wat is daar mis mee?' Tanja zette haar handen in haar zij. 'Het gaat echt niet om de verpakking. Het gaat om wat erin zit.'

'Nou, dan koop je toch een bh met vulling.' Joan grijnsde.

Tanja ontplofte zowat. 'Jij begrijpt er helemaal niets van. Je leeft in een eigen wereldje, waar alles schijn is en aan elkaar hangt van leugens.'

'Waar slaat dat nu op?' verdedigde Joan zich.

'Stoppen!' riep Hanna, die het gekibbel van haar twee zussen zat was en de badkamer uit kwam stormen. Een luid lachsalvo volgde.

'Wat? Wat nou?'

Joan en Tanja wezen allebei naar haar gezicht. Hanna rende terug naar de spiegel en zag wat haar zussen bedoelden. Overal zaten witte klodders crème.

'Hoe...' Hanna probeerde de crème uit te wrijven, maar het werd alleen maar erger. Haar hele gezicht was nu wit.

'Je hebt mijn tandpasta als gezichtscrème gebruikt,' gierde Joan. Ze pakte het potje tandpasta op. Kijk maar.'

'Tandpasta zit toch niet in een potje?' mopperde Hanna. 'Ik dacht...'

'Gewoon even het etiket lezen,' lachte Tanja. 'Moet voor een gymnasiumleerling toch een kleine moeite zijn?'

'Of gewoon van mijn spullen afblijven,' vulde Joan aan.

'Sorry,' stamelde Hanna. 'Mijn bodylotion was op en toen...'

'Het is al goed. Hier.' Ze gaf Hanna een ander potje. 'Was je gezicht en smeer dit er maar op.'

Hanna trok haar blouse uit en draaide de kraan van de wastafel open.

'Zo... die is sexy.'

Hanna keek op. 'Eh... wat?'

'Die bh,' legde Joan uit. 'Is die nieuw?'

Hanna kreeg een kleur. 'Eh... ja... Gisteravond in Nice gekocht.'

'Met Pieter?'

'Ja.' Hanna rechtte haar rug. 'We zijn allerlei winkels in geweest. Die zijn tot heel laat open.' Ze draaide in de spiegel. 'Pieter kende de vrouw van de lingeriewinkel en toen kreeg ik korting.'

'Hmm, dus Pieter koopt al lingerie voor je. Heeft Jasper dat ooit gedaan?'

'Doe niet zo flauw,' zei Hanna, die haar gezicht nat maakte. 'Ik heb dit setje zelf gekocht.'

'Het is een complete set?' Joan viel van de ene in de andere verbazing. 'Toe maar. En heeft Pieter het setje goedgekeurd?'

'Hij vond het mooi,' antwoordde Hanna, die haar schone gezicht afdroogde. 'En ik ook.'

'Het is ook mooi. Je moet me die winkel laten zien. Misschien kunnen we Tanja ook zover krijgen?' Ze gaf Hanna een knipoog.

Een uur later stapten ze uit de taxi op *Promenade des Anglais*, de grote boulevard aan de kust van Nice. Aan de ene kant van de weg was het strand, aan de andere kant lag de stad.

'De winkelstraten liggen vlak achter de eerste huizen,' zei Hanna.

Ze liepen door een klein straatje. Links was een enorme winkel van Louis Vuitton. De etalage was volgehangen met foto's en enkele exclusieve tassen van het beroemde merk. Joan moest de verleiding weerstaan om haar derde tas aan te schaffen.

Het was behoorlijk druk in *Rue Masséna*. De meiden keken hun ogen uit. Het publiek was nogal gemêleerd. Oudere dames met een klein kefhondje, zwervers, toeristen, deftige echtparen... alles passeerde. En in de winkels was het dringen geblazen. De duurste modehuizen leken hun kleding weg te geven, want er stonden rijen voor de kassa's.

De meiden vermaakten zich prima. Joan wilde alles bekijken en proberen en ook Hanna genoot van het samen shoppen. Ze kocht een bikini, een mooi fotoboek over Zuid-Frankrijk voor Jasper en ook voor Thijs en Kim vond ze een cadeautje. Joan trakteerde haar op een prachtige zomerjurk. Zelfs Tanja liet zich verleiden tot het passen van allerlei kledingstukken, schoenen en hoeden. Gewoon voor de lol. Ze wilde niets hebben en hing alles weer terug in de rekken na het passen. Toch kocht Joan stiekem een van de outfits die Tanja had gepast en leuk had gevonden. Ze gaf de tas met spullen pas toen ze alweer drie winkels verder waren. Tanja kon niet weigeren: Joan had de bon weggegooid, zei ze. 'Geniet er nu maar van.'

Ze dronken koffie op een terras, lunchten aan het strand in een chique club en dronken een biertje in een hippe tent op *Place Grimaldi*. De dag vloog om. In de namiddag lieten ze zich terug naar het hotel rijden. De kofferbak van de taxi stond vol tassen en dozen.

Uitgeput kwamen ze de hal van het hotel binnen. Een van de bagagejongens hielp hen met de spullen. Hij zette net alles in een kofferrek toen Joans telefoon ging.

Pieter zwaaide naar hen. 'Lekker geshopt, dames?'

Terwijl Joan opnam, liep Hanna naar de balie. 'Ja, het was gezellig. En ik wist een beetje de weg na gisteravond.' Ze lachte. 'Tot hoe laat moet je werken?'

'Wilde je afspreken?'

Hanna keek om naar haar zussen. Joan was druk aan het telefoneren en Tanja leunde vermoeid tegen de muur. 'Ik weet niet. We hebben het er nog niet over gehad.'

Ze dacht aan het gesprek met de oom van Joan. 'Zeg, wij hadden het er vanochtend over... Je weet wel... over Rowen en wat ik gezien had.'

Pieter knikte wat gelaten. 'Denk je daar nou nog steeds over na?' zei hij. 'Ik heb je toch al gezegd dat...'

Hanna liet hem niet uitspreken. 'Weet je nog dat dat echtpaar Van Dongen van de week naar huis moest, omdat er ingebroken was in hun huis in Nederland?'

'Ja?'

'Je vertelde ons toen dat het al de vierde keer was deze maand dat gasten hun reis moesten afbreken in verband met een inbraak in hun huis.'

Pieter knikte. 'Ja... en?'

'Kan het niet zo zijn dat Rowen de gegevens van lucratieve gasten doorspeelt aan inbrekers, die dan...'

'Zoiets zou Rowen nooit doen,' siste Pieter. 'Rowen is een goudeerlijke jongen.'

'Hij gokt wel,' merkte Hanna op. 'En je zei zelf dat hij dat vaker deed.'

'Wat heeft dat er mee te maken?'

'Gokken kost geld. Dat weet je net zo goed als ik. Je denkt dat je geld wint in een casino, maar uiteindelijk verliezen er meer mensen dan dat er winnen. Casino's weten heus wel wat ze doen.'

'Rowen wint gewoon vaak,' mompelde hij.

'Zegt hij,' vulde Hanna aan. 'Wat nou als hij dat geld niet

in het casino wint, maar verdient met het doorspelen van hotelgegevens?'

Pieter zweeg. Hanna kon zien dat hij nadacht.

Joan kwam bij haar staan.

'Dat was mijn oom,' zei ze.

Pieter had het gehoord. 'Je rijke, ik-betaal-de-reis-oom?'

Joan pakte Hanna bij haar arm en trok haar iets naar achteren, zodat ze buiten gehoorsafstand van Pieter kwamen. 'Is die Pieter te vertrouwen?'

Hanna fronste haar wenkbrauwen. 'Ja, ik denk het wel. Hoezo?'

'Mijn oom vroeg of er iemand in het hotel was die we konden vertrouwen. Iemand die ons hier zou kunnen helpen.'

Hanna zuchtte. 'Ik weet anders ook niemand. Ja, ik denk dat Pieter te vertrouwen is. Wat wil je oom dan doen?'

Joans stem werd nog zachter. 'Hij heeft wat onderzoek gedaan en het blijkt dat Rowen een strafblad heeft.'

'Nee!' Hanna sloeg een hand voor haar mond. 'Echt? Dus hij denkt ook...'

'Hij wil dat we een val zetten. Als Pieter wil helpen?'

'Oké,' zei Hanna. Ze trok Joan naar de balie en wenkte Tanja dat ze erbij moest komen.

Pieter was ondertussen aan het praten met een Engels echtpaar. Ze wilden de weg weten naar Monte Carlo. De meiden wachtten netjes tot het echtpaar de hal uit liep.

'Zeg het eens, dames.' Pieter glimlachte. 'Wat is dat allemaal voor geheimzinnig gedoe?'

'Wanneer zit je dienst erop?' vroeg Hanna. Haar stem klonk zakelijk.

'Ik begrijp dat dit niet gaat om een afspraakje met jou?'

Hanna schudde haar hoofd. 'Nee, we willen je vragen of je straks, na je dienst, naar onze kamer wilt komen. Ik kan er nu niets over zeggen, maar straks zul je het begrijpen. Het gaat over dit hotel.'

Pieter keek op zijn horloge. 'Rowen komt over een halfuurtje. Gaan jullie maar vast naar boven. Ik kom zo. Jullie maken me heel nieuwsgierig.'

De meiden gingen naar hun kamer, pakten hun aankopen uit en douchten zich nog even snel. Joan legde tot in detail uit wat zij en haar oom hadden besproken. Lang de tijd hadden ze niet, want Pieter stond na een kleine drie kwartier voor hun deur.

'Zo,' zei hij en ging in de stoel zitten die bij het raam stond. 'Nu wil ik wel eens weten wat er aan de hand is.'

De drie meiden gingen naast elkaar op het bed tegenover Pieter zitten. Joan begon. Ze vertelde over het verzoek van haar oom om een paar daagjes naar Monaco te gaan om het hotel eens goed onder de loep te nemen.

'Jullie zijn dus ordinaire spionnen?' riep Pieter toen hij begreep wat Joan hem duidelijk maakte.

'Laten we zeggen dat we het nuttige met het aangename combineren,' antwoordde Joan. 'En je hoeft niet bang te zijn. Jij komt niet op ons minlijstje voor.'

'De oom van Joan wil heel graag opheldering over de plotselinge vertrekken van gasten in verband met inbraak. En omdat ik Rowen gisteren...'

'Daar gaan we weer,' viel Pieter haar in de rede. 'Je ziet spoken. Echt...'

'Luister nou eens even, man!' Tanja keek fel. 'Bij criminaliteit draait het juist om deze spoken. Weet je hoeveel keurige mensen duistere zaakjes bedrijven? Ik heb wel geleerd om niet op het uiterlijk en gedrag van iemand een mening te vormen.'

Hanna gebaarde dat Tanja zo wel genoeg had uitgelegd. 'Het gaat erom dat we je hulp nodig hebben. Of je het nou gelooft of niet... juist door mee te werken, komen we erachter wie gelijk heeft.'

'Ja,' vervolgde Joan. 'En je baas, mijn oom, heeft je nodig. Zie het maar als je werk. Je kunt gewoon niet weigeren.'

Pieter zuchtte. 'Oké, ik begrijp het. Zeg maar wat ik moet doen.' Hij rechtte zijn rug. 'Maar leuk vind ik het niet.'

Joan keek Pieter strak aan. 'Ik vertrouw erop dat je je gevoelens even opzij zet en je volledig richt op ons plan?'

Pieter knikte. 'Vertel nu maar.'

Joan legde het plan van haar oom uit. Pieter zweeg en knikte af en toe. 'Dus als ik het goed begrijp, heeft Rowen een strafblad en willen jullie een val voor hem opzetten?'

'Ja,' zei Joan. 'Ik wil niet helemaal in detail treden, maar jij brengt Hanna en Tanja zo dadelijk naar de bewakingsruimte. Ik neem aan dat je de sleutel hebt?'

Pieter knikte. 'Ja, maar ik weet niet...'

'Mooi, dat is dan geregeld. Joan zuchtte. 'Wij hopen natuurlijk, net als jij, dat Rowen onschuldig is. We zullen snel genoeg merken of dat zo is. Nog vragen?'

Iedereen schudde zijn hoofd.

'Goed, dan gaan jullie nu naar de bewakingsruimte en verdwijn ik naar beneden.'

Tanja en Hanna liepen met Pieter mee de kamer uit.

'Zet 'm op,' zei Hanna nog voordat ze de deur dichtdeed.

'Wat gaat Joan dan doen?' vroeg Pieter, die geen idee had wat er stond te gebeuren. Zijn gezicht stond ongerust. 'Ik vind het geen prettig idee om achter de rug van een collega om zoiets te bekokstoven.'

'Wat ben je toch een schatje,' zei Hanna en ze woelde door zijn haar. 'Kom nou maar mee!'

Ze liepen achter Pieter aan naar de lift en gingen naar de bovenste verdieping. Pieter opende de deur van de bewakingskamer.

'Wat een machines.' Tanja floot tussen haar tanden. 'Hé, kijk! Daar heb je het zwembad... en het restaurant...'

'En de receptie,' wees Hanna. Ze zag Rowen met een paar gasten praten.

'Zit er ook geluid op die bewakingscamera's?'

Pieter zuchtte en drukte op een knop. De stem van Rowen

weerklonk in de ruimte. Ongeduldig liep Pieter heen en weer. 'Ik wil dit niet!' zei hij toen. 'Als mijn collega's hierachter komen, dan lig ik eruit.'

'Niemand komt erachter,' riep Tanja, die het geleuter van Pieter zat was. 'Hou nu eens op met dat gezeur. Zie het maar als werk. De grote baas heeft dit aan je gevraagd.'

Pieter ging mokkend op een stoel zitten. 'Ik ben niet van plan hier mijn hele avond aan te verpesten.'

'Hoeft ook niet,' zei Tanja. 'Daar is Joan al.'

Ze richten hun blik op de camera waarop Joan duidelijk te zien was. In haar rechterhand droeg ze een kopje koffie.

'Hi, Rowen,' zei Joan, terwijl ze haar tas over haar schouder probeerde te schuiven. 'Working tonight?'

Rowen keek op. 'Yes.'

'May I?' Joan zette haar koffie achter de balie neer en bracht met een vermoeid gezicht haar tas naar de andere schouder. 'I'm tired.'

Zonder op een reactie te wachten, vertelde Joan dat ze vandaag met haar zussen geshopt had. 'In Nice,' zei ze. 'My creditcard was my friend today.'

Rowen luisterde ogenschijnlijk zonder emotie naar haar verhaal.

'Wealthy uncle, I heard?'

Zo, dacht Joan. Dus je weet al dat ik een rijke oom heb. Ze keek recht in de camera die achter de balie hing. Ze leunde voorover en keek Rowen vriendelijk aan. 'What else do you know about me?'

Rowen keek wat verlegen. 'Eh...'

Joan zwaaide haar tas weer van haar schouder en stootte tegen het koffiekopje aan dat omviel. De hete koffie stroomde over de balie. 'Oeps, sorry!'

Wat onhandig probeerde Joan met een stuk tissue de koffie te deppen.

'Watch out!' riep Rowen boos. 'My portable!'

Ze staarden allebei naar de mobiele telefoon die in de koffieplas dreef.

'O, wat suf van me,' stamelde Joan. Ze pakte de mobiel van Rowen op en veegde hem droog. 'Ik hoop dat hij het nog doet.' Ze gaf Rowen de mobiel terug. *'I'm sorry. Is it still working?'*

Rowen drukte op een knop en schudde zijn hoofd. *'It has to dry first.'* Hij legde de mobiel in een la om te drogen.

'If it's damaged, I can buy you a new one,' stelde Joan voor. Ze wilde best een nieuwe mobiel voor hem kopen. *'My uncle...'*

'Don't you have parents?' vroeg Rowen nieuwsgierig.

Joan moest een glimlach onderdrukken. Dit was te mooi om waar te zijn. Nu kon ze gelijk haar verhaal kwijt. Met een snik in haar stem vertelde ze Rowen dat haar ouders al heel jong overleden waren en dat ze door haar rijke oom en tante werd opgevoed. Belangstellend vroeg Rowen naar haar leventje. Joan verzon ter plekke een gigantisch huis waarin ze woonde met haar oom en tante. Rowen mocht best weten dat ze zich soms een beetje eenzaam voelde in dat grote huis, omdat haar oom en tante vaak op reis waren. Ze waren nu in Japan, zei ze. Het was toch een kil huis, vertelde ze. Allemaal kunst, dure schilderijen en beelden... brrr, niet echt gezellig.

Rowen was hevig geïnteresseerd in het huis van haar oom en tante. Hij stelde er allemaal vragen over en was vooral geïnteresseerd in de beveiliging. Joan begon steeds meer in haar verhaal te groeien. Ze fantaseerde er lustig op los en liet tussen neus en lippen doorschemeren dat er eigenlijk maar een simpele beveiliging was. Dat haar oom schat- en schatrijk was, begreep Rowen nu wel. Hij stelde voor om eens samen met haar oom en tante naar Monaco te komen. Joan zei dat haar oom en tante overmorgen weer thuis zouden zijn en dat ze het hen zou vragen.

'Shall I send a brochure?' vroeg Rowen. *'What's the address?'*

Joan was even van haar stuk gebracht. Was die Rowen nu echt onschuldig of was hij zo vreselijk naïef?

Ze gaf hem het adres dat ze van oom Jurriaan had opgekregen. Rowen schreef het op.

Ze praatten nog even wat na, maar toen nam Joan afscheid. *'Have to go,'* riep ze en zonder om te kijken verdween ze in de gang op weg naar de lift.

'En? Hoe deed ik het?' Joan stoof de bewakingskamer binnen en keek naar het scherm waar de receptie op te zien was.

'Hij heeft zijn mobiel uit de la gepakt, maar die doet het niet,' legde Tanja uit. Ze staarden allemaal naar het scherm. Rowen smeet de mobiel terug in de la en beet op zijn lip. Ongeduldig liep hij heen en weer achter de balie.

'Nu moet hij een beslissing nemen,' zei Hanna. Ook Pieter keek gespannen naar het scherm.

Rowen keek om zich heen, zag dat er geen gasten in de hal waren, en greep de telefoon van het hotel. Haastig drukte hij een nummer in.

Op het controlepanel in de bewakingsruimte lichtte een lampje op. Pieter drukte het knopje aan en Rowens stem klonk luid en duidelijk door de ruimte.

'Loopt er een tape mee?' fluisterde Hanna. Pieter knikte.

Met ongeloof hoorden ze Rowen de adresgegevens van Joans oom en tante doorgeven aan iemand aan de andere kant van de lijn. Het gesprek was kort maar krachtig, maar duidelijk genoeg voor iedereen om zwijgend naar het scherm te staren.

'Ik had gelijk,' fluisterde Tanja.

'Wat een aso,' bromde Joan.

'Zie je nou wel,' zei Hanna.

Pieter trok wit weg. 'Ongelooflijk.'

Joan duwde haar stoel naar achteren en stond op. 'Ik bel oom Jurriaan.'

Terwijl Joan met haar oom belde, keken de anderen toe hoe Rowen een paar gasten hielp aan de balie. Zijn zenuwachtige houding was verdwenen en hij straalde weer de zelfverzekerdheid uit die ze van hem gewend waren.

'Alsof er niets aan de hand is,' siste Hanna. 'Je zou toch zweren dat hij de onschuld zelve is.'

'Zei ik toch,' reageerde Tanja. 'Ik heb dat zo vaak meegemaakt op straat. De lieve, stille types zijn gevaarlijker dan de grote bekken, hoor. Kijk maar naar mij.' Ze lachte. 'Hoe groter de bek, hoe kleiner het hartje...'

Pieter stond op en liep naar de deur.

'Wat ga je doen?' Hanna keek Pieter bezorgd aan. Het was vast een grote klap voor hem om te zien dat zijn collega en vriend de boel bedotte. 'Gaat het?'

Pieter knikte. 'Ik ga even naar mijn kamer,' zei hij.

'Spreken we nog wat af?' Het was eruit voor ze er erg in had. Hanna keek wat verlegen naar haar zussen. 'Ik bedoel... wat zijn jullie plannen voor vanavond?'

Het bleef stil.

Joan kwam er weer bij staan. 'Vanaf nu neemt oom Jurriaan het over,' zei ze. 'We moeten vooral gewoon doen wat we altijd doen. Rowen mag geen argwaan krijgen.'

'Ik zou Danny nog bellen,' zei Tanja. 'Maar ik heb al gezegd dat jullie vanavond voor gaan.'

'Ja,' zei Hanna. 'Dat is natuurlijk zo. Joan? Had jij wat gepland?'

'Eh... kweenie... Johnny had vandaag besprekingen. Hij zou nog bellen. Misschien zit hij in het restaurant.'

'Ik denk dat iedereen moet doen waar hij zin in heeft,' stelde Tanja voor.

'Ik hoor het wel,' zei Pieter en hij deed de deur open. 'Willen jullie deze kamer verlaten? Dan kan ik afsluiten.'

De drie zussen liepen met Pieter naar de gang.

'Ik ga lopen,' zei Pieter en hij verdween in het trappenhuis. 'Zie je in het restaurant,' hoorden ze hem nog roepen.

'Die is helemaal in de war,' zei Hanna en haar stem klonk bezorgd. 'Ik heb wel met hem te doen.'

Op dat moment ging haar mobiel af. 'Wat een timing,' fluisterde ze toen ze Jaspers naam in het display las.

'We gaan al,' riep Joan en ze trok Tanja mee de lift in. 'Tot zo.'

'Hé, wacht op...'

De liftdeuren zoefden dicht en Hanna stond in haar eentje op de bovenste verdieping. Het doordringende deuntje van haar mobiel echode door de gang. 'Gezellig,' mompelde ze en ze klapte haar mobiel open.

'Hoi, Jasper...'

'Dag, schoonheid. Hoe is het daar in het mondaine Monaco?'

Normaal gesproken zou ze gelachen hebben om de woorden van Jasper, maar in plaats daarvan hoorde ze de stem van Pieter in haar hoofd klinken. *Schoonheid...* zo noemde Pieter haar ook.

'Hanna? Ben je er nog?'

'Eh... ja... slechte verbinding hier.'

'Waar ben je?'

'In het hotel. We zijn net terug uit Nice. We hebben de hele dag geshopt.'

'Zo... nog iets leuks gekocht?'

Hanna voelde aan haar bh-bandje. Weer zag ze het gezicht van Pieter voor zich. 'Meidendingen,' antwoordde ze.

'Nog iets voor mij?'

'Niet zo nieuwsgierig,' lachte ze.

'Ik mis je... jij mij?'

Jaspers woorden deden haar blozen. 'Tuurlijk.' Ze voelde het bloed door haar hoofd stromen. Ze wist dat ze anders dan anders deed. Zou Jasper doorhebben dat ze in de war was?

'Is er wat?'

Hanna kromp in elkaar. Zo rustig mogelijk gaf ze antwoord. 'Nee, hoezo?'

Het bleef even stil aan de andere kant van de lijn. 'Nou, je bent zo... zo stil.'

'O, ik ben gewoon moe.'

'Sorry, dat is ook zo. Je hebt de hele dag geshopt.'

Hanna wist niet of ze zijn woorden als excuus of als sarcasme moest beschouwen. 'Was het druk op je werk?' Ze moest vragen stellen. Alleen zo voorkwam ze dat Jasper doorvroeg.

'Ja, ging wel... gewoon. Morgen naar een school in Enschede. En jij? Ga jij nog wat doen vanavond of morgen?'

Hanna haalde diep adem. 'Hebben we nog niet afgesproken. Tanja en Joan zijn nu douchen. Tijdens het eten straks zullen we wel plannen gaan maken. Ik wil zeker nog naar het paleis en natuurlijk wil ik ook nog naar het strand.'

'Zo te horen geniet je?'

'Ja, het is hier geweldig. Jammer dat we straks alweer naar huis gaan. Ik zou hier eeuwig kunnen blijven.'

'O...'

Hanna beet op haar lip. Niet zo'n slimme opmerking. 'Maar dan met jou,' voegde ze eraan toe. 'Ik moet hangen,' zei ze. 'Douchen, omkleden en eten.'

'Oké, bel je vanavond nog?' vroeg Jasper. 'Ik ben gewoon thuis.'

'Ik... ik kan niets beloven, maar ik zal mijn best doen. Je kent mijn zussen, hè? Als die eenmaal je aandacht opeisen, is er weinig ruimte voor andere dingen.'

'Kus.'

Hanna maakte een kusgeluid en hing op. Haar hart bonsde in haar keel.

10

Bekentenissen

'Danny belde!' Tanja pakte een bord van de stapel en schoof gehaast langs het buffet naar Joan en Hanna. 'Sorry, maar die moest ik even nemen.' Ze stopte haar mobiel met haar elleboog dieper in haar zak. 'Of ik vanavond meega naar een feest.'

Hanna en Joan keken haar zwijgend aan.

'Mis ik iets?' vroeg Tanja terwijl ze een kaassoufflé op haar bord schepte.

'We zouden vanavond samen wat doen, weet je nog?' Joans stem klonk wat snauwerig. 'Zonder aanhang.'

'O, ja...' Tanja schepte wat salade op haar bord.

Hanna leunde tegen Tanja aan. 'Weet je ook eens wat liefde allemaal met je kortetermijngeheugen doet.'

'Ja, stop maar!' Tanja grijnsde. 'Boodschap begrepen. Ik zal nooit meer iets zeggen als jij het weer eens over Jasper hebt. Doe ik ook zo... zo...'

'Slijmerig? Ja!' Joan duwde Tanja iets opzij, zodat ze ook wat salade kon opscheppen.

Tanja hield haar bord omhoog en liet Joan haar gang gaan. 'Klaar?'

'Ja.' Joan liep met haar bord naar hun tafel.

'Nou, nou...' mompelde Tanja. 'Die is lekker gezellig.'

'Johnny zit niet aan zijn tafel,' antwoordde Hanna.

'En heeft ook niet gebeld dus,' vulde Tanja aan. 'Ons zus-je is gewoon boos.'

Ze keken naar Joan die haar bord op tafel zette en ging zitten.

'Ik bel Danny wel af,' zei Tanja. 'Beloofd is beloofd. Dat begrijpt hij wel.' Ze gaf haar bord aan Hanna en pakte haar mobiel. 'Neem jij mijn bord even mee?'

Nog voordat Hanna iets kon antwoorden, was Tanja verdwenen. 'En ik dan?' mompelde Hanna terwijl ze naar haar eigen lege bord keek. Ze zette de twee borden neer op de rand van het buffet en schepte wat kipsalade op. Ze legde op allebei de borden nog een stuk stokbrood en liep naar Joan.

'Waar is ons tortelduifje?' vroeg Joan.

'Doe niet zo lullig,' zei Hanna. 'Maandenlang zeuren we over haar anti-jongensbeleid en nu heeft ze een leuke jongen aan de haak geslagen, ga jij zitten chagrijnen.'

'Ze houdt zich niet aan onze afspraak.'

'En waarom stoort dat jou nu opeens zo mateloos?' Hanna ging zitten. 'Niets zeggen. Ik geef je ook meteen maar het antwoord.'

Joan keek beledigd, maar Hanna ging verder. 'Johnny laat je zitten vanavond. Hij is nergens te bekennen en heeft niet gebeld. Je bent gewoon pissig. Geef het nou gewoon toe en laat Tanja van haar vrolijke bui genieten.'

Joan propte een dot sla in haar mond. 'Als jullie het allemaal zo goed weten, dan zeg ik toch niets meer!'

Tanja kwam aangelopen. 'Geregeld, hoor! Danny begreep het volkomen. Lief, hè?'

Hanna knikte. 'Zoiets zou Jasper ook begrijpen. Laatst nog...'

Joan stond op. 'Ja, nou weten we het wel. Als jullie het niet erg vinden...' Ze veegde haar mond af en smeet het servet op tafel.

'Ga je weg?' vroeg Tanja.

'Ja, even een luchtje scheppen. Mag het?'

Tanja keek verbaasd. 'Jawel, maar...'

'Mooi zo.' Met grote stappen liep Joan de eetzaal uit.

'Heb ik wat verkeerds gezegd?'

'Laat haar maar,' zei Hanna. 'Trekt wel weer bij.'

Tanja nam een hap van haar soufflé. 'Als ze zo blijft, ga ik alsnog met Danny mee vanavond.'

Hanna prikte in haar kipsalade. 'Jasper belde net.'

Tanja nam een slok cola. 'En? Mist hij je?'

Hanna knikte. 'Ja.'

'Nou... Lekker toch? Ik begrijp nu hoe fijn dat voelt. Danny miste mij ook, zei hij. Ik...'

'Ik ben verliefd op Pieter.' Het was eruit. Hanna voelde haar hart in haar keel kloppen.

Tanja keek haar aan, maar zei niets.

'Ik heb het echt geprobeerd,' ging Hanna verder. Ze staarde voor zich uit. 'Maar toen ik net Jaspers stem hoorde, moest ik steeds aan Pieter denken.'

Ze draaide zich om en keek Tanja vragend aan. 'Dat klopt niet, toch?'

'Eh... ik weet het niet. Ik heb daar nog niet zoveel ervaring mee. Sorry.'

Hanna glimlachte geforceerd. 'Geeft niet. Jij bent net verliefd. Ik weet hoe dat voelt. Toen Jasper mij voor het eerst zoende...' Ze stokte. 'Ik dacht dat echte liefde eeuwig duurde.' De laatste woorden kwamen er fluisterend uit. 'Ik snap het niet.'

'Misschien is het geen echte liefde,' opperde Tanja. Ze keek naar Hanna. 'Dacht jij dat jij en Jasper...'

Hanna knikte. 'Ja, ik dacht... ik denk... ach, ik weet het ook niet meer. Jasper en ik... Het voelde zo goed... zo... voor altijd! Daar kon niets of niemand tussen komen. Dat dacht ik echt! En nu ben ik verliefd op een ander. Een jongen die zo totaal anders is dan Jasper.' Ze zuchtte. 'En het gekke is dat ik ze allebei heel leuk vind. Ik kan gewoon niet kiezen.' Hanna draaide haar vork rond in de salade.

'Dan kies je toch niet,' lachte Tanja. 'Als mannen meerdere vrouwen mogen hebben, waarom dan niet andersom?'

Hanna lachte niet mee. Ze voelde haar ogen prikken. 'Het is niet grappig... ik...'

De eerste traan rolde al over haar wang en viel op haar bord. 'Ik voel me schuldig. Echt, ik wil Jasper geen pijn doen.'

Tanja schrok en sloeg haar arm om haar zus heen. 'Sorry, dat was niet echt handig van me. Ik wist niet dat je er zo'n punt van maakte.'

Hanna kon haar huilbui niet langer bedwingen en drukte haar hoofd in Tanja's nek. Ze liet haar tranen de vrije loop en voelde Tanja haar haren strelen.

'Je bent altijd zo serieus, zusje,' fluisterde Tanja in haar oor. 'Maar, hé! Je bent niet verantwoordelijk voor je gevoel, alleen voor je daden.'

Hanna veegde haar gezicht droog met haar shirt en keek verbaasd op.

'Heb ik ergens gelezen,' legde Tanja uit. 'Maar het is wel waar. Je voelt wat je voelt. Wat je ermee doet, is je eigen keuze.'

'Daar gaat het nou juist om,' zei Hanna, die rechtop was gaan zitten en haar gezicht in haar servet stopte. Ze snoot haar neus. 'Voor mijn gevoel lieg ik tegen Jasper. En dat wil ik niet. Ik voel me schuldig!'

'Heb je gezoend met Pieter?'

Hanna dacht terug aan de zoen in het restaurant en knikte. 'Pieter zoende mij, maar toen heb ik hem gezegd dat hij dat niet meer moest doen, omdat ik van Jasper houd. Dat meende ik echt.'

'Nou dan!' riep Tanja. 'Niets om je schuldig over te voelen. Pieter is gewoon een goede vriend. Er is niets gebeurd en er gebeurt verder ook niets. Daar zorg je gewoon voor. Probleem opgelost, toch?'

'Ik zoende terug,' bekende Hanna. Ze keek Tanja aan. 'En ik heb al een paar keer op het punt gestaan om hem weer te zoenen. Ik houd dat nooit vol, Tan.'

Tanja grijnsde. 'Dus dat zit je dwars. Je bent gewoon bang dat je zult bezwijken onder zijn charmes. Je bent gewoon bang voor jezelf!'

Hanna knikte. 'Misschien wel.'

'Luister,' zei Tanja. 'Je komt er maar op één manier achter of Jasper de ware is.'

'Hoe dan?'

'Door wel met Pieter te zoenen.'

'Doe niet zo belachelijk.' Hanna smeet haar servet op tafel. 'Als ik met Pieter zoen, dan ben ik vreemdgegaan en...'

'Doe niet meteen zo dramatisch,' riep Tanja. 'Jij bekijkt alles altijd zo zwart-wit. Je gaat echt niet vreemd als je iemand zoent, hoor! Zie het als een onderzoek... research... Jij zoent met Pieter en dan toets je de resultaten. Is hij echt de man van je dromen? Of is het toch Jasper? Je kunt pas oordelen als je iets gedaan hebt.'

Tanja ging verder: 'Weet je, ik was als kind een slechte eter. Als ik dan weer eens in mijn bord zat te roeren in de eetkamer van het weeshuis, omdat er iets op lag dat ik niet kende, dan zei Anneke: "Je moet in ieder geval een hapje proeven, dan pas kun je zeggen of je iets wel of niet lekker vindt."'

Hanna glimlachte. 'Als je het zo bekijkt...'

'Ja, zo moet je het bekijken. Stel je voor dat Pieter wel veel leuker is dan Jasper. Je bent zestien, Han! Er zijn zat jongens en hoe weet je nou dat Jasper de ware voor je is, als je nog nooit andere jongens hebt gezoend?'

'Je lijkt Joan wel,' merkte Hanna op.

Tanja grijnsde. 'Joan doet misschien een beetje te veel vergelijkend warenonderzoek, maar ze heeft wel veel ervaring met jongens. Iets wat wij niet kunnen zeggen.'

'Oké, je hebt misschien wel een beetje gelijk,' zei Hanna. 'Mijn moeder zei laatst ook al dat ik niet zo serieus moest zijn en dat ik alles niet zo perfect moest willen.'

Ze aten zwijgend hun bord leeg.

'Hi, ladies.' De stem van Johnny verstoorde de stilte. 'Joan is not around?'

Tanja schudde haar hoofd. 'No, she has just left the building.' Ze keek Hanna met pretoogjes aan.

'Something to do with boys,' vulde Hanna aan.

Johnny keek van de een naar de ander. 'Oh,' was zijn enige reactie. 'Could you pass her a message?'

Tanja en Hanna knikten. Ze wilden Joan best iets doorgeven.

'Tell her I'm very busy this evening. Boring meetings, you know...'

'Zal ze niet leuk vinden,' mompelde Tanja. 'Okay, we will tell her.'

Johnny aarzelde. Hij keek op zijn horloge. 'Tomorrow there's a party on my ship. Will you be my guests?'

Hanna fronste haar wenkbrauwen. Nodigde hij hen nu alle drie uit? 'All three of us?'

Johnny knikte. 'Yes, it's a celebration party. My latest movie is finished and next week is the premiere in Los Angeles.'

'Can we bring our boyfriends?' vroeg Tanja. Ze wist zeker dat Danny het te gek zou vinden om met haar naar het feest van Johnny te gaan. Hij was fan van Johnny, dat had hij gisteren verteld. Dit was haar kans om hem eens te verrassen.

'Sure. Tell Joan that she can bring someone too. My chauffeur picks you up at ten o'clock, all right?'

Hanna en Tanja knikten ter bevestiging en Johnny liep de eetzaal uit.

'Autsj,' mompelde Tanja. 'Gigamisverstand. Hij denkt nu dat Joan een vriendje heeft.'

'Komt een beetje door ons,' zei Hanna. 'Jij vroeg of we onze vriendjes mee mochten nemen.'

In de verte kwam Joan aangelopen. Ze zwaaide naar hen.

'De frisse lucht heeft haar goed gedaan,' siste Tanja en ze zwaaide terug.

'Ik denk dat ze Johnny heeft gesproken,' kon Hanna nog net terugzeggen, voordat Joan binnen gehoorsafstand was.

'Sorry voor daarnet,' zei Joan en ze ging zitten. 'Dipje eerste klas. En? Gaan we vanavond nog iets leuks doen?'

'Johnny was hier net en...' begon Hanna.

'Weet ik,' viel Joan haar in de rede. 'Ik heb hem al gesproken. Hij moet vanavond vergaderen. Die arme schat heeft het heel druk zo vlak voor de première van zijn nieuwe film. O ja, hij nodigde me uit voor een feest morgenavond op zijn schip. Ik heb natuurlijk gevraagd of jullie ook welkom waren en dat was goed. Leuk, toch?'

Tanja en Hanna veinsden hun verbazing.

'Echt?' riep Tanja. 'O, wat gaaf. Wat lief van je, hè, Hanna?'

'Nou... reuze.'

'En weet je wat?' riep Joan opgetogen. 'Jullie mogen Danny en Pieter meenemen als jullie dat willen.' Ze gaf haar zussen een knipoog. 'Ik heb Johnny natuurlijk.'

'Je overtreft mijn stoutste verwachtingen, zus,' riep Tanja. 'Wat geweldig. Bedankt.'

'Ja,' verzuchtte Hanna, die het gezicht van Pieter voor zich zag. 'Leuk! Als ik dat maar red.'

Joan keek naar Tanja. 'Wat bedoelt ze?'

'O, niets. Heeft iets te maken met research.'

'Research?'

'Ja, beetje ingewikkeld om nu helemaal uit te leggen, maar Hanna is bezig met een onderzoek naar...'

'Het is vakantie, hoor! Laten we het even niet over school hebben.' Joan sloeg Hanna op haar schouder.

Hanna, die blij was dat Joan het onderwerp afkapte, legde haar bestek neer en keek op haar horloge. 'Wat gaan we doen, dames?'

Joan rekte zich uit. 'Zullen we ons vanavond laten verwennen? Sauna, massage, lekker bubbelen... ze hebben hier een te gek *beauty centre*.'

'Hmm, dat lijkt me wel wat,' zei Tanja. 'Echt een zussending.'

'Oké, lijkt me een goed plan,' riep Hanna. 'Moeten we wel nu wat gaan bespreken.' Ze stond op. 'Ik las dat ze hier *hotstone massage* doen. Leggen ze van die hete stenen op je lichaam.'

'En een modderbad,' zei Tanja met een grijns. 'Lijkt me te gek.'

'Ik denk dat ik een manicure neem, want mijn nagels zien er niet uit,' verzuchtte Joan.

De drie meiden liepen vrolijk pratend de eetzaal uit net op het moment dat Pieter naar binnen stapte.

'Al gegeten?'

'Ja,' antwoordde Joan. 'We gaan vanavond met zijn drietjes naar het beauty centre.'

'O.'

Hanna liet haar zussen los. Wat kon Joan toch altijd bot doen. 'Gaan jullie maar vast wat reserveren. Doe mij maar een massage en een gezichtsmasker.'

Ze duwde haar zussen de zaal uit.

'Vind je het erg?' vroeg ze Pieter, die er nog steeds een beetje pips uitzag. Pieter schudde zijn hoofd. 'Nee, eigenlijk niet.' Hij trok Hanna met zich mee achter een grote plant. 'Het zit me niet lekker,' zei hij. 'Ik voel me schuldig.'

'Waarom?' Hanna voelde Pieters hand gloeien op haar huid.

'We hebben Rowen in de val gelokt. Wie weet wat er nu gaat gebeuren.'

Hanna's gezicht betrok. 'Rowen zit fout... niet wij! Ik kan je precies vertellen wat er gaat gebeuren. Joan heeft het adres doorgegeven van een leegstaand huis van haar oom. Als er morgenavond wordt ingebroken in dat huis, worden die mensen opgepakt. Rowen zal gigantisch door de mand vallen. De film, de tape en onze getuigenissen zijn bewijs genoeg.'

Pieter sloeg zijn armen om Hanna heen. 'Ik ben geen verklikker,' fluisterde hij. 'Dat snap je toch wel? Zou jij een van je zussen verraden... ook al zaten ze fout?'

'Dat is niet hetzelfde,' verdedigde Hanna zich, maar Pieter hield vol. 'We kunnen Rowen toch gewoon wijzen op zijn daden? Hij is geen slechte jongen. Als hij nu belooft om ermee te stoppen? Ik bedoel... het kan nog. Als we nu met hem gaan praten, kan hij die deal nog afblazen en heeft je oom geen bewijzen. Echt, Rowen gaat kapot als hij naar de gevangenis moet. Zo'n jongen stop je toch niet bij gevaarlijke criminelen? Dat is vragen om moeilijkheden. We verpesten zijn hele leven als we dit doorzetten.'

Hanna zweeg. Pieters argumenten klonken overtuigend. Natuurlijk had ze weleens gelezen dat jongeren alleen maar slechter werden door hun gevangenisverblijf.

'Je moet me helpen,' fluisterde Pieter, die voelde dat ze twijfelde.

Hanna rechtte haar rug. 'Nee, Pieter. Ik kan je niet helpen. Ik...'

Zijn lippen smoorden haar woorden. Zacht schoof Pieter met Hanna naar de muur, waar ze uit het zicht van de gasten waren. Hanna voelde de muur in haar rug en kon geen kant meer uit. Pieters armen omklemden haar en zijn lippen gleden over haar gezicht, haar ogen, haar oren, haar nek...

'Stop,' hijgde ze. 'Niet doen... ik...' Maar haar woorden bleven steken in haar keel. Hier kon ze niet tegenop. Haar lichaam gloeide en ze ontspande. Pieters handen gleden naar haar heupen en hij drukte haar tegen zich aan. Hanna beantwoordde zijn kussen. De wereld leek te draaien onder haar voeten. Pieters houding werd gretiger. Hanna voelde zijn handen over haar billen glijden en zijn kussen werden steviger.

'Niet...' probeerde ze nog, maar Pieter trok haar hoofd

naar achteren. Zijn lippen gleden van haar hals naar haar schouder. Hanna hijgde.

'Je moet me helpen,' fluisterde Pieter. 'Je moet...'

Pieters woorden drongen langzaam tot haar door. Ze moest helemaal niets! Ze was op slag weer bij haar positieven. Zoende hij haar om haar te overtuigen? Dacht hij nou echt dat ze zo overstag zou gaan? Hanna voelde haar lichaam verstrakken. Ze liet Pieter los en duwde hem van zich af.

'Nee!' riep ze en ze dook onder zijn armen door. 'Stop!'

Pieter staarde haar glazig aan. 'Hanna... sorry... ik...'

'Zeg maar niets,' fluisterde Hanna. 'Ik wil het niet weten. Je bent te ver gegaan. En als jij ook maar één woord tegen Rowen zegt, dan ben je je baan hier kwijt, begrepen? De eigenaar van dit hotel heeft jou in vertrouwen genomen... en je zit er tot over je oren in.'

Ze draaide zich om. 'En ik wil je nooit meer zien!'

Met grote stappen liep ze de eetzaal uit. Haar venijnige woorden galmden nog na in haar hoofd. Had zij dit werkelijk gezegd?

Het beauty centre was tot middernacht geopend en de meiden genoten tot aan de allerlaatste minuut. Ze maakten gebruik van de verschillende sauna's, de stoomcabine en lieten zich heerlijk verwennen door de verschillende specialisten.

'Moeten we thuis ook eens doen,' stelde Joan voor toen ze zich laat op de avond afdouchten en insmeerden met heerlijke bloemenolie. 'Jij en ik.' Ze keek naar Hanna die haar haren afdroogde. 'Kijk, Tanja zit in Londen, dat wordt moeilijk. Mij wij kunnen samen een vaste avond in de week afspreken? Misschien...'

'Ik weet niet of ik zo vaak kan,' viel Hanna haar in de rede en haar gezicht stond wat verlegen.

'Een keer in de maand kan ook,' opperde Joan.

'Nou, ik weet niet...'

'Ik betaal natuurlijk,' zei Joan. 'Geen probleem.'

'Daar gaat het niet om,' zei Hanna een beetje gepikeerd. Ze vond het vervelend dat Joan altijd meteen klaarstond met haar geld.

'Als je het geen goed idee vindt, moet je dat gewoon zeggen,' zei Joan.

'Nee, nee, dat is het niet.'

Joan draaide haar handdoek om haar hoofd. 'Wat is het dan?'

'Jij kan soms zo'n ontzettend bord voor je kop hebben,' kwam Tanja tussenbeide. Ze stapte in haar slippers.

Terwijl Tanja naar de kleedkamer liep, keek Joan vertwijfeld naar Hanna. 'Hoezo?'

Hanna pakte haar spullen en liep met Joan achter Tanja aan naar de kleedkamer. 'Laat maar,' zei ze. 'Het is een beetje moeilijk uit te leggen.'

Maar zo makkelijk liet Joan zich niet afschepen. Ze gaf de deur van de kleedkamer een duw met haar voet en zette haar handen in haar zij. De deur knalde iets te hard dicht.

'Probeer het toch maar, want ik ben jullie gekonkel meer dan zat. Het is iedere keer hetzelfde liedje: jullie doen net of ik van een andere planeet kom. Die blikken naar elkaar en die quasionschuldige opmerkingen... Als er iets is, dan moeten jullie dat zeggen!'

Ze keek boos. 'Ik kan wel tegen een stootje, hoor.'

Hanna keek naar Tanja.

'Zie je wel,' riep Joan. 'Nu doen jullie het weer. Ik zie het heus wel, hoor!'

'Er is niets,' zei Hanna, die geen ruzie wilde.

Tanja knoopte haar broek dicht. 'Je moet niet overal iets achter zoeken. Je bent gewoon zo.'

'Zo?'

Tanja haalde haar schouders op. 'Gewoon... een beetje van de wereld.'

'Van de wereld?'

'Ja, als in: sprookje.'

'Sprookje?'

'Blijf je me na-apen?' riep Tanja.

'Ik... ik snap het niet,' stamelde Joan en ze leek oprecht van slag. 'Wat doe ik verkeerd dan?'

Hanna liep naar haar toe. 'Je doet niets verkeerd. Dat is het 'm juist. Je bent gewoon Joan en dat is nu eenmaal zo.'

Joan boog haar hoofd. 'Vinden jullie dat ik in een sprookjeswereld leef?'

Het bleef stil in de kleedkamer.

'Ik kan er toch ook niets aan doen dat ik rijk ben?'

'Daar gaat het niet om,' bromde Tanja. 'Rijk zijn op zich is niet erg. Ermee pronken wel.'

'Maar ik pronk er toch niet mee? Ik wil jullie juist laten delen...'

'Dat weten we,' viel Hanna haar in de rede. 'En dat is heel lief van je, maar je moet ook begrijpen dat wij dat niet altijd willen. Dat voelt...' Ze dacht even na om de juiste woorden te zoeken, maar Tanja was haar voor.

'... afhankelijk.'

Hanna knikte. 'Ja, dat is het juiste woord. Een keer iets krijgen is leuk, maar als je constant van alles krijgt...'

'... ook ongevraagd,' viel Tanja haar in de rede. 'Zoals die kleren gisteren.'

'... dan voelt dat als opgedrongen.'

Joan zuchtte. 'Ik wist niet... ik bedoel het echt niet zo.'

'Dat weten we,' zei Hanna. 'Daarom is het ook zo moeilijk om er iets over te zeggen. Ik wil best met je naar de sauna als we weer terug zijn in Amsterdam. Maar dan wil ik ook bepalen hoe vaak we gaan en ik wil ook graag meebetalen.'

'Oké,' mompelde Joan. Ze liep naar haar tas en pakte haar borstel.

'Ben je niet boos?' Tanja keek Joan op de rug. De rustige reactie van Joan verbaasde haar enigszins.

'Waarom zou ik?' zei Joan nog steeds met haar rug naar haar zussen toe gekeerd. Haar stem klonk onzeker.

'Huil je?' Tanja kwam dichterbij. Ze kon altijd zo heerlijk ruziemaken met Joan. Het was een spel en geen van beiden had er ooit kwade bedoelingen mee. Maar nu reageerde Joan niet zoals Tanja verwacht had. De grote mond bleef uit en ze trok zich terug. Iets wat Joan nog nooit gedaan had.

'Nee, hoor.' Joan drukte haar gezicht in haar handdoek en maakte draaibewegingen alsof ze zich afdroogde.

Tanja bleef vlak achter Joan staan. 'Zeker weten?' Ze legde een hand op Joan haar schouder en probeerde haar om te draaien. Een flinke ruk was het gevolg.

'Nee, nou goed!' Het betraande gezicht van Joan kwam uit de handdoek tevoorschijn.

'Hé, zussie,' zei Tanja en ze sloeg haar armen om Joan heen. Haar zojuist afgedroogde schouder werd weer nat. 'Rustig nou maar...'

Hanna stond er wat onbeholpen bij. 'Sorry, Joan... ik wist niet... ik bedoel...'

Een nieuwe huilbui barstte los. 'Jullie weten het altijd zo goed,' snikte Joan. 'Ik word daar zo onzeker van.'

'Jij... onzeker?' Tanja duwde Joan een stukje van zich af en keek haar oprecht verbaasd aan. 'Als iemand hier onzeker is, dan ben ik dat wel. Mijn eerste vriendje... mens, ik sta bol van de stress. Ik heb geen flauw idee hoe ik me moet gedragen en twijfel aan alles. Jij weet altijd precies hoe je met jongens om moet gaan. Daar ben ik juist zo jaloers op.'

Joan glimlachte en veegde een traan van haar wang. 'Je moest eens weten.'

Hanna mengde zich nu ook in het gesprek. 'Ik geloof dat we het al weten.'

Joan keek op. 'Hoezo?'

'Als je het over die Johnny hebt...' begon Hanna aarzelend. Ze wachtte even en keek Joan onderzoekend aan. 'Hij is niet echt aardig, toch?'

Joans gezicht verstrakte. Ze ging duidelijk in de verdediging.

Hanna hief haar handen. 'Sorry, had ik niet mogen zeggen.'

Joan ontspande onmiddellijk en liet zich op de houten stoel vallen die onder haar tas stond. 'Je hebt gelijk. Het is helemaal niets met die vent.' Ze vertelde wat er die avond ervoor gebeurd was op het schip van Johnny. 'Hij zoent als een zuigvis, gebruikt de vreselijkste clichés en als klap op de vuurpijl nodigt hij mij en mijn vriendje uit voor het feest morgenavond,' besloot ze haar verhaal. 'Nou vraag ik je! Hoe komt hij op het idee dat ik een vriendje heb? Ik dacht...'

'Dat is onze schuld,' bekende Hanna en ze vertelde wat er die avond in het restaurant was gebeurd.

'Lekker dan,' zei Joan. 'Had je dat niet even kunnen zeggen?'

'Jij ratelde maar door over Johnny,' ging Tanja verder. 'We kregen geen kans om het je te vertellen.'

'En je verdraaide de boel,' zei Hanna vastberaden. 'En dat vonden wij weer niet leuk.'

Joan knikte en leunde achterover tegen de houten wand. 'Was het zo duidelijk?'

Tanja ging naast Joan zitten. 'Weet je wat het is... Jij doet altijd alsof je alles onder controle hebt. Jongens, geld, school... Alles is perfect bij jou en je weet het altijd beter. Daardoor geef je anderen het gevoel dat ze minder zijn. Je hebt niet eens in de gaten wat je mensen aandoet met je gedrag.'

'Maar dat is helemaal niet de bedoeling,' snotterde Joan, die haar neus met de rug van haar hand afveegde. 'Ik doe dat juist om niet te laten merken dat ik het soms ook niet weet.'

'Niemand is perfect,' zei Tanja. 'Ik niet... Hanna niet... en jij ook niet! Waarom ben je daar dan niet eerlijk over? Je bereikt precies het tegenovergestelde effect, mensen gaan extra letten op jouw foutjes... hoe klein ze ook zijn. Kijk... zo!'

Hanna spreidde haar armen, trok een overdreven serieus

gezicht en haar stem klonk als een operettezangeres. 'Zie je dat? Joan heeft een pukkel op haar wang!'

Joan staarde de acterende Hanna met open mond aan. Alsof ze nu pas begreep waarom mensen zo op haar letten.

'Ja,' ging Tanja verder. 'Je verdraait de waarheid altijd in jouw voordeel.'

'Je maakt het een beetje mooier dan het is, zeg maar,' vulde Hanna aan.

'Ja, stop maar...' riep Joan. 'De boodschap is wel duidelijk. Ik overdrijf, ik fantaseer en ik doe me mooier voor dan ik ben.'

Tanja en Hanna keken elkaar aan. 'Dat is het wel ongeveer, ja,' stelde Tanja nuchter vast. 'En daar is niets wereldvreemds aan, want dat doen we allemaal wel eens.'

'Alleen ik iets meer dan jullie,' fluisterde Joan. 'Ik weet het.' Ze keek haar zussen aan. 'Ik kan er gewoon niets aan doen. Het gaat vanzelf. En het ergste is dat ik mijn eigen verhalen ook geloof. Als ik heel eerlijk ben, dan is die Johnny echt een kwal, maar ik houd mezelf steeds voor dat hij mij fantastisch vindt en ik hem. Dat is toch erg?'

'Ja.' Tanja grijnsde. 'Dat is verschrikkelijk. En weet je waarom?'

Joan haalde diep adem. Het liefst had ze nu de aanval geopend door een heel kattig antwoord te geven. Maar in plaats daarvan hield ze zich in en keek Tanja vragend aan.

'Omdat het een rijke en beroemde kwal is. Jij doet alles voor "rijk" en "beroemd", zelfs liegen tegen jezelf.'

Hanna had al die tijd niets gezegd. 'Je bent niet de enige,' mompelde ze. 'Ik heb mezelf ook voorgelogen.'

Tanja en Joan staarden naar Hanna.

'Nog meer bekentenissen?' vroeg Tanja, die zich steeds meer op haar gemak ging voelen. 'Gooi het er maar uit. Dokter Tanja luistert.'

'Pieter...' zei Hanna. 'Ik weet niet wat ik ermee aan moet. Hij maakt me in de war en dat is nieuw voor mij.'

'Ja,' zei Joan. 'Dat hadden we allang gezien.'

'Je zei dat je verliefd was op hem,' herinnerde Tanja zich. 'Toch?'

Hanna schudde haar hoofd. 'Dat dacht ik, maar nu denk ik daar heel anders over.' Ze vertelde wat er eerder die avond in het restaurant gebeurd was. 'Hij gebruikte me gewoon,' besloot ze haar verhaal. 'Hij hoopte dat ik hem zou helpen om Rowen te waarschuwen. En het lukte nog bijna ook.' Ze zuchtte. 'Ik... ik weet het niet meer.'

'Dus hij zoende lekker?' Joans ogen twinkelden, terwijl ze haar haar borstelde.

Hanna balde haar vuisten. 'Die jongen maakt me gek. Hij heeft iets... iets... Ooo, ik ben zo kwaad op mezelf. Dat ik zoiets heb laten gebeuren. Ik heb zelfs tegen Jasper gelogen voor die jongen. Ik schaam me kapot.'

'Jongens zijn allemaal hetzelfde,' verzuchtte Joan. 'Lekker, maar grote egoïsten. Ze liegen en manipuleren de boel als het hun uitkomt.'

'Moet jij zeggen,' reageerde Tanja en ze leunde achterover. 'Ik ben blij dat Danny niet zo is.'

'Gewoon een kwestie van tijd,' zei Joan. 'Hoe goed ken je die jongen nou? Die Danny van jou draagt misschien wel grote geheimen met zich mee.'

'Welnee. Ik weet zeker dat hij anders is. Dat voel ik. Hij is zo puur... zo zichzelf.'

'Droom lekker verder,' zei Joan. 'Ik ga me aankleden.' Ze trok haar jurk aan en propte haar borstel in haar tas. 'Lucht wel op, zo'n gesprek. Moeten we vaker doen.'

Ze kleedden zich aan en verlieten het beauty centre dat zich onder in het hotel bevond. In de hal zagen ze Pieter en Rowen achter de balie van de receptie met elkaar staan praten.

'Ik neem toch aan dat Pieter zijn mond houdt,' zei Joan en haar stem klonk bezorgd.

'Pieter zegt niets,' siste Hanna. 'Dat heb ik hem wel duidelijk gemaakt.'

Haar blik kruiste die van Pieter en ze sloeg haar ogen neer. Het was over... klaar... uit! Ze zou zich niet meer laten verleiden door zijn ogen, zijn lijf, zijn zoenen... Met grote stappen liep ze de gang in naar de lift. Ze wilde hem nu even niet zien.

'Hé, wacht op ons!' Tanja rende achter haar aan en sleurde Joan met zich mee.

'Je vindt hem nog steeds leuk, hè?' fluisterde Joan in Hanna's oor toen ze in de lift stonden. Hanna bleef strak voor zich uit kijken. Ze wilde er geen woord meer aan vuil maken. Het was over en uit! Ze had Jasper verraden... dat was al erg genoeg.

'Weglopen voor problemen heeft nog nooit iemand geholpen,' zei Tanja.

Op dat moment ging haar mobiel af en begroette ze enthousiast de beller. *'Hi, Parrot! No, it's not late.'*

Terwijl Tanja met hun vader sprak, zoefde de lift naar de eerste verdieping. Al pratend liep ze achter haar zussen aan naar hun kamer. Hanna verdween direct in de badkamer en Joan kleedde zich uit.

'Cool!' riep Tanja. Ze legde haar hand op de telefoon. 'Hij komt morgen hiernaartoe,' riep ze luid, zodat Hanna en Joan het konden horen.

'We hebben wel een feestje morgenavond,' zei ze weer op rustiger toon tegen Parrot. 'Johnny Pedd,' legde ze uit. 'Joan heeft een of andere filmster aan de haak geslagen en...'

Ze luisterde even. 'Je kent hem?' Ze knikte weer. 'Cool.'

Joan kroop onder haar dekbed. 'Groetjes van mij... welterusten.'

Tanja zat nog aangekleed en wel op de rand van haar bed. 'Echt?' Al luisterend naar haar vader drukte Tanja terloops op de afstandsbediening van de tv. De muziek schalde de kamer in en gehaast drukte ze op de geluidsknop. Het werd weer stil in de kamer.

Geïrriteerd stak Joan haar hoofd onder het dekbed vandaan. 'Wat is dat voor lawaai?' Met een schuin oog keek ze naar de beelden op televisie en haar mond viel open van verbazing.

'Hé... dat ben jij, Tan!'

Tanja en Joan staarden naar de televisie. Een foto van Tanja werd vastgehouden door William Robbins en de interviewster stelde een vraag aan de beroemde zanger.

'Harder,' riep Joan.

'Eerst zachter, dan weer harder,' mompelde Hanna, die net de badkamer uit stapte. 'Wat is er zo...' Ze wees. 'Hé, Tanja... dat ben jij!'

Tanja drukte het geluid weer aan. 'Ik ben op MTV, pap,' riep ze door de telefoon. 'Nu... Ja... Je moet kijken. William Robbins...'

Ze staarde naar het beeld en hoorde de zanger vertellen dat hij met Tanja Tana een duet had opgenomen en dat de plaat deze week zou uitkomen. Ook Parrot werd genoemd in het interview. Tanja was zijn dochter.

'Te gek,' stamelde Joan. 'Tanja, je bent beroemd!'

Hanna ging naast Tanja op haar bed zitten. 'Spannend.' Ze drukte op de toets van meeluisteren en hoorde Parrots stem. Hij legde net uit hoe het allemaal was gegaan. De rechten waren vastgelegd en als de plaat een succes zou worden, zou het geld binnenstromen.

'Je wordt rijk, *girl*,' riep Parrot. 'Als je zo doorgaat, word je beroemder dan ik.'

Tanja werd er stil van.

'De pers is hier al geweest,' vervolgde haar vader. 'Ze willen interviews. Ik heb gezegd dat we de komende dagen nog even niet te bereiken zijn, maar dat je volgende week terug in Londen bent. De platenmaatschappij zal een rooster maken voor alle interviews. Hoe is het daar?'

Tanja kon geen woord meer uitbrengen. Ze duwde de telefoon in Hanna's handen en staarde naar de tv. Het interview met William Robbins was net afgelopen en een commercial over kleding schalde de kamer in.

'Hoi, Parrot,' riep Hanna tegen haar vader. 'Met Hanna. Tanja is helemaal de kluts kwijt. Wat een verrassing voor haar!'

Terwijl Parrot met Hanna praatte, liep Tanja naar de badkamer en draaide de deur achter zich op slot. Haar eigen gezicht op tv... een plaat met William Robbins... Het leek wel of het nu pas tot haar doordrong wat de impact was van haar ontmoeting met de zanger in de studio. Het was begonnen als een geintje, maar nu was het menens. Ze zou doorbreken als zangeres. Niet alleen met Parrot, maar ook met William Robbins.

Tanja leunde met haar hoofd tegen de spiegel. Het koude glas koelde haar verhitte hoofd iets af.

De pers wilde haar interviewen... fotografen wilden haar foto... Ze zou in alle bladen komen te staan... Iedereen zou haar zien. Over de hele wereld zouden mensen haar gaan herkennen...

Plotseling realiseerde ze zich wat dat betekende. 'Danny,' fluisterde ze. Het beeld van zijn blonde krullenkop drong zich op. Ze had hem niet de hele waarheid verteld. Danny wist niet beter dan dat ze een arm weesmeisje was... Wat nou als hij haar vanavond op tv had gezien? Ze wist dat de kans klein was. Danny had geen tv en voor zover ze wist zijn vrienden ook niet. Maar het kon. Alles kon. Tanja voelde zich onrustig worden. Juist dat wat ze zelf zo vreselijk verafschuwde, had ze gedaan. Ze had gelogen tegen Danny!

'Ik moet naar hem toe,' fluisterde ze en ze keek op haar horloge. Het was midden in de nacht. Ze kon onmogelijk nu naar het strand gaan. Misschien was hij al lang thuis op zijn kamer in Nice. 'Morgen,' zei ze. 'Morgen na het ontbijt ga ik meteen naar hem toe.'

Harten lijmen

'Klaar?' Tanja stond ongeduldig achter haar stoel te wiebelen. 'Heb je nog niet genoeg gegeten?'

Joan schoof het laatste stukje beschuit in haar mond. 'Mag ik nu ook een keertje?' bromde ze. 'Anders ga je toch vast? Wij komen eraan.'

Tanja keek naar Hanna die nog bij het buffet stond voor een glaasje sap.

'Ga nou maar,' drong Joan aan. 'Ik wil toch ook nog mijn tanden poetsen.'

Tanja pakte haar strandtas op. 'Oké, tot zo. *Wish me luck.*' Handig manoeuvreerde ze tussen de tafeltjes door naar de uitgang van het restaurant.

'Gaat ze al naar de strandclub?' vroeg Hanna, die zojuist kwam aanlopen.

'Juffertje ongeduld,' mompelde Joan. 'Die Danny heeft haar echt niet gezien op tv gisteravond, hoor.'

Hanna ging zitten en nam een slok van haar sapje. 'Heb je Johnny nog gesproken?'

Joan haalde haar schouders op. 'Even. Ze gingen net weg. Ze hadden haast.'

'Dat is wel te zien.' Hanna keek met een schuin oog naar

de tafel waar Johnny altijd met zijn gezelschap zat. De tafel was een waar slagveld. Overal lagen etensresten en de kopjes en glazen stonden nog halfvol kriskras door elkaar. Twee obers waren druk bezig met het opruimen van de puinhoop. 'Heb je nog gezegd dat we niet komen?'

'Niet komen?' vroeg Joan. 'Hoezo?'

'Het feest,' zei Hanna. 'Dat zeggen we toch af?'

Joan snoof. 'Ik ga niets afzeggen. We gaan gewoon naar dat feest van hem. Ik heb hem gezegd dat we vanavond met zijn allen komen en hij zei dat hij vervoer zou regelen. Negen uur vanavond.'

'Maar...' Hanna boog voorover. 'Ik neem toch aan dat de plannen voor vanavond gewijzigd zijn? Ik wil Pieter niet meer zien, laat staan dat ik hem meeneem naar een feestje. En jij zei gisteravond nog dat je Johnny een kwal vond.'

'Jawel.' Joan glimlachte. 'Maar dat wil nog niet zeggen dat ik niet mag genieten. En trouwens... je kunt Tanja dit pleziertje niet ontnemen. Ze was juist zo blij dat ze Danny vanavond kon introduceren bij zijn favoriete filmster.'

Hanna zuchtte. 'Ik weet het niet, hoor.'

'Luister,' zei Joan. 'Ik ga met Parrot, jij met Pieter. Hebben we allebei een date. Wat zal die Johnny opkijken als ik...'

'Doe normaal!' riep Hanna en ze verslikte zich in een slok. Een hevige hoestbui was het gevolg. 'Ik wil niets meer met Pieter te maken hebben. Echt, ik kan het niet!'

'Doe niet zo paranoïde,' reageerde Joan en ze keek Hanna onderzoekend aan. 'Volgens mij heeft Tanja gelijk. Je bent gewoon bang om te bezwijken voor die gozer.'

Hanna werd rood.

'Geef het gewoon toe!' drong Joan aan.

'Ik...' Hanna keek omhoog. Ze moest haar tranen bedwingen. Haar oogleden knipperden een paar keer snel achter elkaar. 'Maak het nou niet erger dan het al is,' fluisterde ze. 'Pieter is gewoon niet eerlijk, dus ben ik er klaar mee.'

Joan trok haar wenkbrauwen op, maar zei niets.

'Oké, oké, ik geef het toe,' zei Hanna toen. 'Ik ben smoor-verliefd op die gozer, maar het kan niet... Hoor je me? Wat ik voel, is even ondergeschikt. Mijn verstand zegt me...'

'Jij met je verstand,' viel Joan haar in de rede. 'We hebben het hier over je gevoel! En gevoelens kun je nu eenmaal niet negeren. Kijk maar naar mij. Ik dacht met mijn verstand dat ik Johnny geweldig vond, maar mijn gevoel vertelde me heel wat anders. Vroeg of laat moet je toegeven wat je echt voelt.'

'Maar ik wil het niet!' riep Hanna en ze smeet haar servet op tafel. 'Het is klaar, over, uit! Ik wil Pieter niet meer zien. Dat is de beste bescherming tegen al die vreselijke gevoelens. Geloof me... ik ben Pieter zo weer vergeten.' Ze wachtte even. 'Het is waarschijnlijk het avontuurlijke in hem waar ik voor val. Nou, avontuur kan ik zelf ook maken. Daar heb ik Pieter niet voor nodig.'

Joan schudde haar hoofd. 'Nee, Hanna... Je bent niet eerlijk tegen jezelf, maar ook niet tegen Jasper.'

'Pfff...' Hanna keek verongelijkt. 'Waar slaat dat nou weer op?'

'Je zult je altijd blijven afvragen hoe het zou zijn geweest. Je zult Jasper gaan vergelijken met Pieter. Iedere keer als je samen met Jasper iets onderneemt, zul je je afvragen hoe het met Pieter zou zijn. Echt, Han... Je moet de confrontatie aangaan om dit voorgoed af te sluiten.'

Hanna zweeg en drukte met haar vinger wat broodkruimels fijn. 'Maar dan wint Pieter,' fluisterde ze. 'Ik val als een blok voor die jongen. Op de een of andere manier schakelt hij mijn verstand volledig uit. Hij hoeft me maar aan te kijken...' Ze keek op. 'Jasper respecteert mijn gevoelens. We hebben nog nooit samen... nou ja, je weet wel... Wat nou als ik met Pieter wel... Pieter is een pusher... hij gaat over mijn grenzen heen en dat wil ik niet.' Ze zweeg en schudde haar hoofd. 'Snap je dat? Bij Pieter ben ik de controle over mezelf kwijt. Stel je voor dat ik spijt krijg van... nou ja... van wat dan ook?'

Joan legde haar hand op Hanna's arm. 'Je doet echt geen dingen die je niet wilt. Daar ken ik je te goed voor. Maar je moet wel voor jezelf uitzoeken wat je echt voelt. Dat ben je verplicht aan jezelf, maar ook aan Jasper.' Ze ging rechtop zitten en glimlachte. 'Zie het als de ultieme test: alleen zo kom je erachter of Jasper de ware is voor jou.'

Joan stond op. 'En nu gaan we tandenpoetsen en naar het strand. Eens kijken of Tanja haar Danny al heeft ingelicht over haar muzikale avonturen.'

'En we moeten je oom bellen,' zei Hanna. 'Die heeft nog niets van zich laten horen.'

Joan keek op. 'Je hebt gelijk.' Ze keek op haar horloge. 'Hij denkt vast dat we uitslapen. Zal ik hem bellen?'

Pieter stond achter de balie van de receptie en zwaaide naar hen.

'Nog even wachten,' zei Hanna.

Joan stak haar hand op en liep naar Pieter toe. Hanna bleef staan en deed net of ze wat in haar tas zocht. Ze hoorde Joan vertellen over het feest van Johnny Pedd die avond. 'En nu vroegen wij ons af of je het leuk vindt om mee te gaan,' besloot Joan haar verhaal. 'Je hebt ons heel goed geholpen gisteren.' Ze gaf Pieter haar allerliefste glimlach. 'En we waarderen het dat je dit hotel een warm hart toedraagt.'

Hanna kon een glimlach niet onderdrukken. Joan was weer lekker op dreef. Wat kon die meid slijmen, zeg.

'En omdat Tanja en ik allebei iemand meenemen, is het misschien leuk voor Hanna als jij met haar...'

Ze stopte met praten en wenkte Hanna om dichterbij te komen. 'Tenminste als je dat wilt?' vroeg ze aan Pieter. Hanna kwam naast Joan staan en knikte Pieter gedag.

'Wie vraagt dit?' vroeg Pieter. 'Jij of...' Hij keek naar Hanna.

Hanna boog haar hoofd en schoof met haar voet heen en weer over de marmeren vloer. Dit was zo verschrikkelijk fout! Hoe kon Joan nou denken dat ze met Pieter...

'Ik,' zei ze en ze keek hem aan. 'Ik vraag het je.' Ze verbaasde zich over haar vaste stem. 'Zou je het leuk vinden om met mij naar dat feest te gaan?' Haar hart bonkte in haar keel, maar ze bleef Pieter aankijken.

Zijn ogen glinsterden en hij glimlachte. 'Graag,' zei hij. 'Gezellig.'

'Mooi,' besloot Joan. 'Vanavond negen uur... hier in de hal, goed? Enne... trek iets feestelijks aan. Het schijnt een soort premièrefeest te zijn.'

Pieter salueerde. 'Komt in orde, dames.'

Een meneer tikte op de balie en keek geïrriteerd naar Pieter. 'Ik moet weer aan het werk,' zei hij tegen de zussen. 'Tot vanavond.'

Zijn knipoog ontging Hanna niet, maar ze bleef onbewogen kijken. Ze hoefde toch niet te overdrijven?

'Tot vanavond,' riep Joan en ze trok Hanna mee naar de lift. 'Wij gaan lekker naar het strand.'

Het was druk bij de strandclub. Joan en Hanna waren blij dat Tanja alvast drie ligbedden had gereserveerd. Ze mochten doorlopen van de portier. Ze knikten vrolijk naar Danny die achter de bar stond, maar hij reageerde niet echt enthousiast. Er kon alleen een beleefd knikje vanaf.

'En?' vroeg Joan toen ze op het ligbed naast Tanja ging zitten. 'Heb je Danny gesproken?'

Tanja kwam overeind. Haar gezicht zag grauw. 'Ja, nou en of,' was het enige wat ze zei.

Hanna en Joan keken hun zus vragend aan.

'Vertel dan,' drong Joan aan. Ze spreidde het badlaken uit over het ligbed en ging op haar zij liggen. Met haar hand onder haar hoofd leunde ze op haar elleboog. 'Hij keek net niet echt blij. Heeft hij je op tv gezien? Nee, toch? Zo'n jongen kijkt echt geen televisie. Heb je het hem verteld? Wat zei hij? En...'

'Houd nou eens even je mond, Joan,' riep Hanna, die het gezicht van Tanja steeds witter zag worden. Het werd stil. Geluiden van golven en lachende mensen klonken op de achtergrond.

Joan schoof wat ongemakkelijk heen en weer.

'Je had gelijk,' zei Tanja toen. 'Jongens zijn niet te vertrouwen.' Ze trok haar benen op en sloeg haar armen om haar knieën. 'Gisteren was ik het leukste meisje dat hij kende...' Ze staarde naar de zee. '... vandaag ben ik een leugenaar.'

Joan stoof overeind. 'Is-ie nu helemaal!' brieste ze. 'Ze kunnen van alles over je zeggen, maar een leugenaar... Nee!'

Tanja pakte Joans arm. 'Hij heeft nog gelijk ook,' fluisterde ze. 'Ik heb het bewust verzwegen.' Ze keek op. 'Ik heb het zelf verknald.' Ze wees op een tijdschrift dat naast haar ligbed lag. 'Het staat in alle bladen. De hele wereld weet het.'

Joan raapte het tijdschrift op en staarde naar het gezicht van Tanja op de voorpagina. William Robbins stond glunderend naast haar. Zo te zien was de foto in de platenstudio genomen. Er stonden microfoons en je kon de geluidstechnici op de achtergrond bezig zien met hun mengpanelen.

'Gaaf!' mompelde Joan, die Tanja's woorden op slag vergeten was. 'Je bent beroemd. Kijk...' Joan liet het tijdschrift aan Hanna zien. 'Ons zussie staat in de glossy's. Ze is...'

De boze blik van Hanna deed haar zwijgen. 'Wat?'

Hanna kroop naast Tanja op het ligbed. 'Hij wist het, hè?'

Tanja knikte. 'Ik was net te laat. Zijn collega's hadden hem het tijdschrift al laten zien. Die stomme foto is in de studio genomen... voor de grap. Een van de serveersters had de uitzending op MTV gezien.' Ze keek op en Hanna zag dat ze huilde. 'Hij gaf me niet eens de kans om het uit te leggen. Ik heb dat echt niet bewust gedaan. Het is me in het begin gewoon ontschoten en later...' Ze snikte. 'Ach, laat maar.' Ze liet zich op haar rug vallen en draaide zich om. Ze bedekte haar gezicht met beide armen.

Hanna streelde heel even haar rug en ging toen op haar eigen ligbed zitten. 'Jongens zouden verboden moeten worden,' mompelde ze.

Joan stond op.

'Wat ga je doen?' vroeg Hanna, wie de boze blik in Joans ogen niet was ontgaan.

'Wat te drinken halen.'

'Maak het nou niet erger dan het al is,' probeerde Hanna nog, maar Joan was al weg. Ze liep met grote passen langs de ligbedden en ging op een van de lege krukken bij de bar zitten.

'Een koffie,' zei ze.

Danny pakte een kopje en zette het onder de koffie-machine. 'Melk en suiker?'

'Zwart,' antwoordde Joan.

Danny zette het volle kopje voor Joan neer. 'Alsjeblieft. Verder nog iets?'

Joan keek Danny aan en glimlachte. 'Ja, je excuses.'

Danny fronste zijn wenkbrauwen. 'Waarvoor?'

'Voor je gedrag,' legde Joan uit en ze nam een slok van haar koffie. 'Je hebt Tanja een leugenaar genoemd.'

'Ja... en? Dat is ze toch ook?'

Joan zette haar kopje neer. 'Ze heeft je niet alles verteld... dat is heel wat anders!'

'O, lekker subtiel.' Danny veegde de bar schoon met een doekje en smeet een volle asbak leeg in de prullenbak achter zich.

'Tanja is er kapot van,' probeerde Joan, die wel zag dat ze het met een discussie niet zou gaan redden. 'Het was niet haar bedoeling om...'

'Hoe dacht je dat ik me voelde?' siste Danny en hij keek Joan strak aan. 'Denk ik eindelijk een meid te hebben gevonden die, net als ik, recht door zee is en niet van poeha houdt. Iemand die geniet van kleine dingen, de natuur, een goed gesprek... blijkt ze de dochter van Parrot te zijn en een aanstormend zangeres. Zoiets vergeet je niet te zeggen. Ze heeft het bewust verzwegen.'

'Misschien,' antwoordde Joan, die Danny wel een beetje gelijk moest geven, maar nog altijd voor haar zus opkwam. Ze besloot het over een andere boeg te gooien. 'Luister, Danny. Alles wat Tanja jou heeft verteld over zichzelf is waar. Ze is opgegroeid in een weeshuis, zonder familie en ze is... pardon was, zo arm als een luis. Ze heeft haar hele leven geknokt voor haar geluk. Het is een meid uit duizenden en ik laat mijn zus niet uitmaken voor leugenaar. Dat is ze niet! Zeg nou zelf... heb jij haar alles verteld?'

'Hoe bedoel je?'

'Nou, gewoon. Heb jij Tanja alles verteld over jouw leven, jouw familie, jouw achtergrond? Of zijn er ook dingen in jouw leven die je liever niet vertelt? Want als dat zo is, verwijt je de ketel dat hij zwart ziet. Of was het nou de pot?'

Van de zenuwen schoot Joan in de lach. 'Sorry, ik ben niet zo goed in spreekwoorden.' Ze nam haar laatste slok koffie en schoof het lege kopje van zich af. 'Ik ben trouwens sowieso niet goed in dit soort dingen. Meestal breek ik harten...' Ze giechelde. '... in plaats van ze te lijmen.'

Danny glimlachte. 'Het lukt je anders aardig,' zei hij en zijn stem klonk vriendelijker. 'Ik waardeer het dat je voor je zus opkomt, maar dit is iets tussen Tanja en mij.'

'Maar...' begon Joan, die haar hele operatie zag mislukken. 'Ze is hartstikke gek op je. Echt. Je moet me geloven.'

'Ik geloof je,' zei Danny en hij staarde over Joans schouders naar het ligbed waar Tanja lag. 'En misschien heb je gelijk over die pot en die ketel.'

Joan hield haar adem in. 'Je verzwijgt ook iets,' stelde ze met een vragende blik vast.

Danny beet op zijn lip. 'Wil jij Tanja hiernaartoe sturen?'

vroeg hij toen. 'Ik kan hier niet weg en ik geloof dat ik haar ook iets moet vertellen.'

Joan sprong van haar kruk. 'Yep, doe ik.' Ze stak haar vinger op. 'En wees een beetje lief voor haar... zwager?' Zonder het antwoord af te wachten, liep Joan terug naar haar zussen.

'Dat was lekkere koffie,' zei ze zo onopvallend mogelijk. Tanja lag nog steeds met haar hoofd verborgen in haar armen op haar bed. Joan gaf Hanna een knipoog en bewoog haar hoofd richting bar.

'Willen jullie ook koffie?'

'Ja, lekker,' riep Hanna, die het nog niet helemaal doorhad. 'Cappuccino, graag.'

Tanja keek op. 'Eh... nee, doe mij maar wat fris.'

'Ach, zou jij het even willen halen, Tan?' vroeg Joan en ze keek wat pijnlijk. 'Ik stap net in een splinter.' Ze begon aan haar hiel te pulken en legde haar voet op Hanna's bovenbenen. 'Kun jij even kijken, Hanna?' Haar dwingende blik sprak boekdelen. 'Jij bent altijd zo goed in die dingen.'

Terwijl Hanna en Joan zich over de pijnlijke hiel van Joan bogen, stond Tanja op. 'Jij ook nog wat?' vroeg Tanja.

'Nee, hoor,' antwoordde Joan. 'Straks misschien.'

Tanja liep langzaam naar de bar, waar Danny net een biertje aan een klant gaf.

'Een cola en een cappuccino,' zei Tanja en ze probeerde haar stem zo neutraal mogelijk te laten klinken.

Danny knikte en verzorgde de bestelling. Tanja draaide zich om en leunde met haar rug tegen de bar. Ze had geen zin om de hele tijd naar Danny te kijken. Als hij boos was op haar, dan kon hij het zo krijgen. Achter haar hoorde ze de koffiemachine ratelen.

Plotseling voelde ze een warme luchtstroom in haar nek. 'Ik moet je mijn excuses aanbieden,' hoorde ze Danny's stem in haar oor fluisteren. Haar huid reageerde spontaan met kippenvel.

'Waarom?' zei ze en ze draaide zich om. Haar felle blik deed Danny terugdeinzen. 'Van wie moet je dat?' Tanja begon een vermoeden te krijgen. 'Heeft mijn zus je soms...' Ze keek naar Joan en Hanna, die snel hun hoofd omdraaiden en zich weer over Joans voet bogen. Boos sloeg ze met haar vuist op de bar. 'Wat denken jullie wel?' riep ze. 'Dat ik dit niet doorheb?' Enkele badgasten keken op, maar Tanja had het niet in de gaten.

Ze draaide zich om en zette beide handen op de bar. 'Zeg op,' fluisterde ze tegen Danny. 'Wat wil je van me? Je hebt me al uitgemaakt voor leugenaar, dus veel erger kan het niet worden.'

Danny deed een stap naar achteren alsof hij bang was dat Tanja over de bar heen zou springen. 'Voordat je mij gaat vermoorden, wil ik je vertellen dat je zus hier inderdaad is geweest. Niet om jou vrij te pleiten.' Hij leunde over de bar. 'Wat je gedaan hebt, is en blijft niet netjes.'

Tanja knarsetandde, maar bleef wel luisteren.

'... maar om mij duidelijk te maken dat ik ook niet helemaal netjes ben geweest.' Danny keek haar onderzoekend aan.

'Ga verder,' zei Tanja.

Danny haalde zijn portemonnee uit zijn broekzak en haalde er een rijbewijs uit. 'Hier,' zei hij. 'Kijk maar.'

Tanja boog voorover en bekeek het rijbewijs aandachtig. Ze kon er niets bijzonders uit opmaken. 'Ja... en? Wat is hiermee?'

Danny legde zijn vinger op het roze papier bij zijn naam en Tanja las de woorden hardop voor. 'Daniël Roderick Hendrik Ter Voorde van Overwater tot Vorstendiep.'

Ze keek op. 'Is dat je naam voluit?'

Danny knikte. 'Ik stam uit een adellijk geslacht. Mijn ouders zijn stinkend rijk en ik ben hun enige erfgenaam. Baron Daniël Roderick Hendrik Ter Voorde van Overwater tot Vorstendiep. Aangenaam.'

Er viel een stilte. Tanja liet de woorden langzaam tot zich doordringen. Danny een baron?

'Maar...' Ze schudde haar haar naar achteren. 'Dus...'

Danny pakte haar hand. 'Ik ben net zo'n leugenaar als jij,' fluisterde hij. 'Dat ik boos was op jou, omdat je iets had verzwegen, slaat nergens op. Ik heb precies hetzelfde gedaan. Je zus heeft mij daar net haarfijn op gewezen.'

'Hmm,' zei Tanja en er verscheen een glimlach om haar mond.

'Het spijt me,' zei Danny en hij streelde haar hand. 'Vergeven en vergeten?'

'Misschien,' antwoordde Tanja en ze pakte de cola en de koffie van de bar. 'Ik zal erover nadenken.'

Een verbouwereerde Danny achterlatend, liep ze naar haar zussen toe. 'Je wordt bedankt,' beet ze Joan toe en ze zette de drankjes neer.

'Is het niet gelukt?' vroeg Joan en ze gluurde naar Danny die vanachter de bar naar hen keek. 'Ik dacht dat hij...'

'Het is een baron,' snauwde Tanja. 'Baron Roderick tot huppeldepup. Die gozer is erfgenaam van een of andere stinkend rijke familie. Hoe haalt hij het in zijn hoofd om mij uit te maken voor leugenaar als hij zelf ook dingen verzwijgt?'

'Precies,' zei Joan. 'En daarom is het nu één-één en kunnen we vanavond gezellig met zijn allen naar het feest toe. Pieter met Hanna, ik met Parrot en jij met Danny... eind goed al goed.'

Tanja's mond viel open van verbazing. 'Je wilt me toch niet vertellen dat je dit gedaan hebt omdat jij naar dat feest wilde?'

Ook Hanna begon te twijfelen aan de goede bedoelingen van Joan. 'Je bent inderdaad wel erg behulpzaam vandaag. Eerst Pieter en nu Danny. Weet je zeker dat je dit niet puur uit eigenbelang doet?'

'Nou... eh... nee... tuurlijk niet. Het ging mij in de eerste plaats om jullie.' Ze knipperde met haar ogen. 'Maar het is wel een prettige bijkomstigheid, toch? Een première feest! Dat wordt knallen.'

'Jij ongelooflijke, egoïstische, zelfingenomen...' Tanja stikte bijna in haar woorden en pakte het volle glas cola op.

'Doe geen dingen waar je later spijt van krijgt,' riep Joan nog, maar de cola stroomde al over haar gezicht, hals en badpak.

'Dat zet ik je betaald!' Ze probeerde Tanja vast te grijpen, maar die was al richting zee gerend.

'Kijk nou,' jammerde Joan. 'Mijn badpak... helemaal onder de cola.'

'Neem een duik,' opperde Hanna. 'Kunnen jullie meteen even afkoelen.'

Even later lagen Joan en Tanja in het zoute zeewater en ze maakten een ongelooflijk kabaal. Er werd gespetterd, geschreeuwd en gelachen.

'Hanna... Kom ook!' riep Tanja en haar stem schalde over het strand. Een aantal badgasten keek met een zuur gezicht naar het water.

'Tout le monde... Viens ici... La mer est superbe!' riep Tanja, die zich er niets van aantrok en alle badgasten in het water uitnodigde.

Hanna liep langs de buitenrand van de strandclub naar het water en voegde zich bij haar twee zussen. 'Je telefoon ging, Joan,' zei ze en haar blik verried meteen wie er gebeld had.

'Oom Jurriaan?' Joan gooide haar haar naar achteren.

Hanna knikte. 'Ik heb maar niet opgenomen. Ik wist niet...'

Joan liep het water uit. 'Ik bel wel terug.' Voorzichtig zette ze haar voeten op de glibberige stenen en stapte op de kokosmat die naar de strandclub leidde.

Hanna liet zich onder water zakken. Het lauwwarme zeewater kriebelde op haar huid. Haar lippen voelden zout aan. Met haar ogen stijf dichtgeknepen, zwom ze een stuk onder water. Een paar meter verderop kwam ze boven. 'Heerlijk,' riep ze.

Tanja dreef op haar rug in de richting van de kust. Hanna zwom met krachtige slagen naar haar zus toe. 'Lekker water, hè?'

Ze zwommen samen een eind de zee in en lieten zich zachtjes terug dobberen naar de kust. Vlak bij het strand ging Tanja rechtop staan en knikte naar Joan, die op haar ligbed zat en zo te zien nog aan het bellen was. 'Ik ga eruit,' zei ze.

Ze kropen op handen en voeten over de stenen naar de kokosmat en liepen naar hun ligbedden. Joan was nog druk aan het praten.

'Oké, oké, ik begrijp het,' hoorden ze Joan zeggen. 'Graag gedaan. Dag, dag...'

Joan klapte haar mobiel dicht.

'En?' Tanja hield haar handdoek tegen haar hals en depte zich droog.

'We hadden gelijk,' zei Joan. 'Er is vannacht ingebroken in het pand dat we hadden opgegeven. Twee inbrekers... ze zijn gepakt en hebben bekend. Ze hadden ook te maken met de andere inbraken van hotelgasten.'

Tanja's ogen lichtten op. 'Echt? Te gek!'

'Doe niet zo enthousiast, zeg,' mompelde Hanna, die het bezorgde gezicht van Pieter voor zich zag. 'Zo leuk is het niet, hoor! Rowen is een ordinaire dief. Pieters vriend en collega is een zware crimineel.'

Tanja legde een arm op Hanna's schouder. 'Niet zo dramatisch, zeg! Rowen is in de fout gegaan... dat is alles. Kan de beste overkomen. Hij krijgt nu flink op zijn donder, wordt ontslagen en krijgt een kleine taak- of gevangenisstraf en als hij slim is, leert hij ervan.'

'Je doet er nogal luchtig over,' reageerde Joan. 'Die Rowen heeft de boel belazerd!'

Tanja liet Hanna los en ging zitten. 'Ach, dat doen we allemaal wel eens. Wees blij dat we hem behoed hebben voor ergere dingen. Ik weet uit ervaring dat het moeilijk is om niet af te glijden. Als je eenmaal in dat circuit zit...' Ze keek haar zussen aan. 'Kijk niet zo ongelovig. Ik heb jaren op straat geleefd. Ik ben tenminste reëel.'

Hanna droogde zich af. 'Ik wil het niet weten, geloof ik.'

'Mijn oom laat Rowen vandaag nog oppakken,' ging Joan verder en ze keek met een schuin oog naar Hanna. 'Hij zou proberen zo snel mogelijk een vervanger te regelen.'

Hanna draaide zich om. 'Pieter kan onmogelijk twee diensten draaien.'

'Nee,' zei Joan. 'Dat snapte mijn oom ook. Hij zou vanmiddag nog iemand sturen, maar ik ben alleen wel bang dat Pieter vanavond die nieuwe moet inwerken.'

'Hij kan niet mee naar het feest,' riep Hanna, die meteen begreep wat Joan bedoelde. Ze wist niet of ze zich nu teleurgesteld of opgelucht moest voelen.

Joan stopte haar mobiel terug in haar strandtas. 'Laten we niet meteen van het ergste uitgaan. Ik heb oom Jurriaan uitgelegd wat we vanavond gaan doen. Hij was blij met onze hulp en zou er alles aan doen om Pieter met ons mee te laten gaan.

'Je hebt toch niet verteld dat Pieter en ik...' begon Hanna, maar Joan stelde haar gerust. 'Tuurlijk niet... waar zie je mij voor aan?'

Tanja deed haar mond open om wat te zeggen, maar Joan stak haar vinger op. 'Niet doen!' siste ze.

'Wat nou?' zei Tanja quasionschuldig.

'Dat weet je best.'

'Ik wilde alleen maar zeggen dat je geweldig bent.'

'Ja, ja...'

'Geloof je me niet?'

'Nee!'

'O...' Tanja haalde haar schouders op en liet zich achterover op haar ligbed vallen. 'Dan niet.'

Joan zei niets meer. Bij Tanja wist ze nooit waar ze aan

toe was. Tanja was zo ongrijpbaar.

'Je had gelijk.' Tanja grijnsde toen. 'Je had me door... Goed gezien, hoor... Je leert snel, zussie!'

Een licht gegrom was Joans enige reactie.

'Parrot heeft een kamer geboekt in *Hôtel Plage*,' riep Tanja toen ze het sms-bericht las. 'Hij is er rond een uur of negen vanavond.'

Het was aan het eind van de middag en ze zaten op het terras van *Place d'Armes*. Het was gezellig druk op het winkelpleintje in het centrum van Monaco. 'Vier oproepen gemist,' mompelde ze. 'Parrot heeft de hele middag proberen te bellen.'

Ook Joan en Hanna keken op hun mobiel en zagen de gemiste oproepen en het sms-bericht.

'Hij is lekker bezig geweest,' lachte Tanja.

'Komt door de drukte op het strand,' zei Joan. 'We hebben het gewoon niet gehoord.'

'Vind je het gek? We hebben meer in het water gelegen dan op onze ligbedden,' wist Hanna. 'Ach, die arme pappie,' zei Tanja. 'Kon hij ons niet bereiken.'

'Ik bel wel,' zei Joan, die de beantwoordfunctie al had ingeschakeld. 'Kan ik hem meteen vertellen waar wij vanavond zijn.'

Terwijl Joan met Parrot sprak, bestelden Tanja en Hanna een drankje.

'Water,' fluisterde Joan toen de serveerster haar vragend aankeek. '*De l'eau minérale.*'

Even later werden hun drankjes gebracht en stopte Joan haar mobiel terug in haar tas. 'Hij checkt eerst in en komt dan naar het schip van Johnny. Ik heb hem uitgelegd waar hij moet zijn.'

Hanna zuchtte. 'Leuk... ik heb hem echt gemist.' Ze keek Tanja aan. 'Weet je... ik ben af en toe best jaloers op je. Londen... dicht bij Parrot... vrij zijn...'

Joan knikte. 'Ja, dat heb ik ook. Wij moeten straks weer naar school.' Ze wees met haar vinger naar haar keel en maakte een kokhalsbeweging. 'Niet echt een lekker vooruitzicht.'

'School is niet erg,' reageerde Hanna. 'Het is meer...' Ze keek haar zussen aan. 'Ik wil zelf mijn beslissingen nemen. Ik heb schatten van ouders, echt, ik voel me bijna schuldig als ik dit zeg, maar ik wil gewoon op eigen benen staan. Als ik zie hoe jij verandert bent.' Ze keek naar Tanja. 'Je bent rustiger, zelfverzekerder... Dat wil ik ook.'

Tanja fronste haar wenkbrauwen. 'Wil je ook naar Londen komen?'

'Nee, nee,' zei Hanna. 'Niet speciaal.' Ze wachtte even. 'Ik heb de afgelopen dagen na kunnen denken over mezelf en... nou ja... Ik weet gewoon één ding heel zeker: van nu af aan bepaal ik wat ik doe en wat ik niet doe. Ik laat me niet meer leiden door wat anderen van mij vinden of van mij willen. Ik kom op de eerste plaats!'

'Zo mag ik het horen,' lachte Tanja. 'Proost!' Ze hief haar glas en tikte dat tegen Hanna's glas aan. 'Op gezond egoïsme.' Ze boog zich naar Joan. 'Met de klemtoon op het woordje "gezond".'

'Wat bedoel je daar nu weer mee?' Joan zat meteen rechtop.

Tanja grijnsde. 'Niets, ik wilde even weten of je je aangesproken voelde.'

'Helemaal niet!' riep Joan iets te hard.

'Ik zie het.'

De tevreden glimlach van Tanja maakte Joan razend. 'Zit me toch niet zo te stangen!'

'Doe ik dat dan?'

'Ja, en ik wil dat je ermee ophoudt.'

Tanja legde haar benen op de lege stoel naast zich. 'Oké, ik zal het niet meer doen.'

Wat verbaasd om de plotselinge omslag van Tanja, nam

Joan een slok van haar water. 'Dus je deed het toch?' zei ze toen.

'Wat?'

'Mij stangen.'

'Zei ik dat dan?'

'Nou, nee... niet met zo veel woorden.'

'Nou dan.'

Joan perste haar lippen op elkaar en balde haar vuisten. Waarom liet ze zich toch altijd meeslepen in die zinloze discussies?

'Ik heb zin in vanavond,' zei Hanna, die het gekibbel zat was. Ze keek vastberaden. 'Wedden dat het een knalavond wordt?'

12

Nog meer leugens?

Het was een beetje dringen, maar uiteindelijk zaten ze alle vijf in de taxi. Joan zat voorin naast de chauffeur. Hanna en Pieter zaten tegenover Tanja en Danny in het achterste gedeelte. De taxi reed langzaam over de boulevard naar de haven.

Hanna staarde naar buiten. Pieter had haar zojuist in de hal verslag gedaan van de arrestatie van Rowen die middag. Hij kon het nog steeds niet geloven en was boos en teleurgesteld tegelijk. In het gesprek dat hij daarna had gevoerd met Jurriaan van den Meulendijck, was hem alles uitgelegd. Dat er meteen een vervanger was gekomen die avond, had hij bijzonder op prijs gesteld, maar feit bleef dat zijn vertrouwen flink was beschadigd.

'Wil je nog wel mee naar het feest?' had Hanna gevraagd. 'Ik kan me voorstellen dat je nu geen zin hebt in vrolijkheid.'

Maar Pieter had haar op het hart gedrukt dat hij absoluut met haar mee wilde naar het feest. 'Afleiding is nu de beste remedie,' had hij gezegd. 'En wie kan mij nu beter afleiden dan jij?'

Hanna leunde met haar hoofd tegen het raam van het portier. Pieter zat dicht tegen haar aan en ze voelde zijn hand op haar knie. Onbeweeglijk bleef ze zitten en keek naar de vele schepen in de haven.

Tanja trok haar shirt recht en glimlachte naar Danny, die naast haar zat. 'Mooi hemd,' zei ze en ze plukte aan zijn mouw. 'Nieuw?'

Danny schudde zijn hoofd. 'Zat onder in mijn koffer. Laatste restje thuis.' Hij streek met zijn hand over zijn hemd. 'Heeft mijn moeder nog gekocht.' Hij zweeg.

De taxi draaide de haven in en stopte voor de loopplank van een enorm schip.

'We zijn er,' riep Joan. Ze stapte uit en ging het gezelschap voor over de loopplank. 'Houd je goed vast aan de ketting. Het is nogal wiebelig.'

Op het schip aangekomen, begroette ze het bemanningslid dat hen opwachtte, en liep direct door naar binnen. De rest volgde haar.

Tanja hield Danny's hand vast. Helemaal zeker van zichzelf was ze niet. 'We kunnen nog terug,' fluisterde ze. 'Naar het strand of...'

'Lafaard.' Danny grijnsde en verstevigde zijn greep.

Tanja's gezicht betrok en ze bleef staan. 'Maar ik weet helemaal niet hoe ik me moet gedragen. Volgens Joan ben ik een olifant in een porseleinkast. Hier lopen alleen maar sjieke lui... dat is toch niets voor mij?'

Danny sloeg zijn armen om Tanja heen. 'Geen paniek. Ik ben opgegroeid met ze en ik verzeker je: ze zijn een stuk armer dan wij.'

'Armer?' Tanja's stem trilde. 'Al die lui hier zijn stinkend rijk!'

Danny knikte. 'Jawel, maar dat wil nog niet zeggen dat ze echt kunnen genieten.'

Tanja dacht aan Joan en haar ontevreden houding als ze haar zoveelste designjurk had gekocht. 'Je hebt gelijk,' zei ze. 'Ik stel me aan. En trouwens...' Ze sleepte Danny met zich mee achter de rest aan. 'Ik ben zelf ook rijk en beroemd. Helemaal vergeten.'

Danny stond stil en trok haar weer naar zich toe. Hun gezichten raakten elkaar bijna. 'Beloof me dat je altijd blijft zoals je nu bent,' fluisterde hij en zijn lippen raakten zachtjes haar wang.

'Hmm,' zei Tanja zacht. 'Ik denk niet dat dat gaat lukken.' Ze gleed met haar lippen over zijn mond. 'Zelfs rijke mensen worden oud en rimpelig...'

'Je weet best wat ik bedoel.' Danny beantwoordde haar kus.

'Hé, tortelduifjes,' riep Joan. 'Komen jullie nog?'

Verstrengeld liepen Danny en Tanja naar binnen.

Johnny begroette hen hartelijk. Danny en Pieter lieten duidelijk merken dat ze het fantastisch vonden om kennis te maken met de filmster. Ze bestookten hem met allerlei vragen. Gewillig beantwoordde Johnny die en begeleidde hen naar de bar waar hij hun een drankje aanbood.

'If you will excuse me,' zei hij toen. *'I have to welcome other guests.'*

Terwijl Tanja en Hanna met hun gezelschap bij de bar bleven staan, pakte Johnny Joans hand vast en trok haar met zich mee naar de deur. *'No boyfriend?'* vroeg hij zacht en zijn blik gleed over haar lichaam.

Joan wist dat hij onder de indruk was van haar en glimlachte. *'Eh... no, not for the moment,'* antwoordde ze en ze wist dat ze niet loog. Parrot zou strakjes komen. Ze keek Johnny uitdagend aan. *'Do you have a girlfriend?'*

'No,' fluisterde Johnny en hij streelde haar vingers. *'Would you like something to drink?'*

Joan wilde al terug naar de bar lopen, maar Johnny trok haar de andere kant op. *'I have some real good champagne in my special room.'*

Joan liet zich meetrekken naar de andere kant van de dansvloer. *'Special room?'* herhaalde ze.

'*For special guests,*' legde Johnny uit. Hij sloeg zijn arm om haar middel. '*And tonight you are my special guest, sweety.*'

Johnny knikte naar de bodyguard die bij de deur stond en duwde de deur open. Joan herkende de lange gang met de personeelskamers onmiddellijk. Hier was ze eergisteren ook geweest en dat was niet echt goed bevallen.

'*Sorry,*' zei ze en ze liep terug naar de dansvloer.

De bodyguard keek verbaasd, maar bleef de deur voor zijn baas openhouden. Johnny liep echter achter Joan aan. '*Why not?*' vroeg hij.

Joan bleef staan en draaide zich om. '*I'd rather have a beer.*' Ze keek Johnny strak aan en ze wist dat hij twijfelde.

Op dat moment kwamen er nieuwe gasten binnen en Johnny werd luid begroet.

'*Wait here,*' zei Johnny tegen Joan en hij liep naar zijn gasten toe.

'Ammehoela,' mompelde Joan en ze liep naar de bar, waar Tanja met Danny stond te praten. Zo te zien hadden ze het heel gezellig en Joan besloot hen niet te storen. Ze keek rond, maar kon Hanna en Pieter nergens ontdekken.

'Hmm, gezellig,' mompelde ze en ze keek op haar horloge. Parrot zou zo wel komen. Ze bestelde een biertje en liep met haar glas naar de glazen deur die naar het dek leidde. Het was warm buiten. De zwoele avondlucht rook fris en zilt. Joan liep langs de reling naar de voorkant van het schip. Hier en daar liepen gasten. Joan leunde over de reling en staarde naar de zee onder zich die kalm en rustig tegen de zijkant van het schip klotste.

'*Hi, sweety.*' De stem was onmiskenbaar die van Johnny.

Joan draaide zich om. '*Hi,*' zei ze en ze zag alle gasten naar binnen gaan. De bodyguard die bij de entree stond, sloot de glazen deur. Zij en Johnny waren nog de enigen op het buitendek.

Johnny kwam bij haar staan en leunde tegen de reling.

'*What do you want from me?*' vroeg hij en zijn ogen stonden onderzoekend.

'*Nothing,*' antwoordde Joan en dat was de waarheid, want ze wilde helemaal niets van Johnny. Hooguit een gezellige avond op zijn schip.

'*You're lying,*' siste hij en hij boog naar haar toe. '*You're playing with me, girl.*'

Joan verstrakte. Ze speelde helemaal geen spelletje met hem. Hoe kwam hij daarbij? Heel even flitste de woorden van Tanja door haar hoofd: 'Je hebt niet eens in de gaten wat je mensen aandoet met je gedrag.'

'*And I like it,*' ging Johnny verder. Zijn hand gleed over haar schouder naar haar pols. Zijn gezicht was nu vlak bij het hare en Joan voelde dat hij haar hand pakte. Heel even verslapte ze. Johnny deed een stap naar achteren en kuste de rug van haar hand. '*You're beautiful.*'

Zijn hese stem klonk net zo sexy als in de film. Joan voelde een rilling over haar rug lopen. Hoe kon ze hier nu weerstand aan bieden? Ze had zich zo voorgenomen om die Johnny een lesje te leren, om zijn geslijm te zien als een truc, een goedkope manier om meiden te versieren. Daar zou zij niet in trappen... o, nee! Zij stond daarboven.

'*Dear, dear Joan,*' fluisterde Johnny en hij keek Joan vragend aan. '*May I kiss you?*'

Het waren maar vier woordjes, maar ze hadden het effect van een orkaan. Joan kneep in haar lege bierglas en voelde haar hart in haar keel kloppen. Ze opende haar mond, maar er kwam geen enkel weerwoord uit. Johnny bleef haar strak aankijken en ze wist dat ze ging verliezen. Hoe overtuigd ze ook was van zijn acteerkunsten en hoe vaak haar gevoel haar had gewaarschuwd voor zijn bedoelingen... dit kon iemand toch niet veinzen? Die blik... de lieve woorden... precies zoals ze het zich had voorgesteld... Dit was superromantisch en hij wist het.

Johnny wachtte haar antwoord niet af en drukte zijn lippen op de hare. Heel even hield Joan haar adem in, maar ze ontspande onmiddellijk toen ze zijn zachte, warme lippen rustig voelde bewegen. De onbeheerste gretigheid van twee dagen geleden was compleet verdwenen. Dit was pure tederheid. Joan sloot haar ogen en gaf zich over. Het bierglas gleed uit haar handen en viel naar beneden in het zeewater.

'Gaat het?' Hanna keek bezorgd naar Pieter, die tegen de reling leunde. Pieter knikte. 'Ja, dank je... het gaat wel weer.' Hij veegde een paar zweetdruppels van zijn voorhoofd.

'Misschien viel de champagne niet goed?' probeerde Hanna nog, maar Pieter schudde zijn hoofd. 'Nee.' Hij liet de reling los. 'Wil je mij even vasthouden?' Ze gingen samen op de bank zitten die tegen de kajuit aanstond. Pieter leunde op Hanna's schouders; zijn hoofd raakte haar wang. Hanna hoorde zijn zware ademhaling en ze voelde zich wat ongemakkelijk met de verstrengelde houding. Helemaal zeker was ze er niet van of Pieter nu echt niet lekker was of het als aanleiding gebruikte om haar vast te houden. Pieters handen gleden langs haar rug en zijn hoofd leunde nu op haar schouders.

Hanna bedacht dat Pieter of heel slim was of inderdaad oververmoeid, zoals hij had gezegd. Ze waren samen naar buiten gegaan toen de drukte in de feestzaal Pieter te veel werd. Hij had frisse lucht nodig, zei hij. Uiteindelijk belandden ze op het bovenste dek van het schip. Hanna was best geschrokken toen Pieter opeens helemaal wit wegtrok en de reling had vastgegrepen.

'Gaat het?' vroeg Hanna en ze verschoof haar been.

Pieter hief zijn hand, die op haar knie lag. 'Ja, dank je.'

Hanna zweeg en bleef weer doodstil zitten. Was dit nu waar ze zo bang voor was? Pieter in haar armen... Eigenlijk voelde het heel vertrouwd, niet opwindend of sexy.

'Het is me gewoon allemaal een beetje te veel, denk ik,' zei Pieter zacht en hij haalde een paar keer diep adem. 'Die inbraken, de arrestatie van Rowen...' Hij ging rechtop zitten en keek Hanna aan. 'Ik kan het nog steeds niet geloven. Zoiets doe je toch niet?'

'Nee,' bevestigde Hanna. 'Maar soms doen mensen zich anders voor dan ze zijn.'

Pieter schoof zijn hand verder omhoog. Zijn vingers duwden in haar dijbeen. 'En niet alleen dat maakt me in de war,' fluisterde hij en Hanna voelde zijn warme adem over haar wang glijden.

Hanna verstijfde. Ze hadden het afgelopen halfuur over van alles en nog wat met elkaar gepraat. Het had haar geen enkele moeite gekost om te luisteren naar Pieters verhalen over zijn jeugd, familie, en zijn wensen en verlangens voor de toekomst. Zolang Pieter praatte, hoefde zij niet na te denken over wat zij wilde.

'Ik krijg geen hoogte van je,' ging Pieter verder. 'Gisteren wilde je me nooit meer zien en vandaag nodig je me uit voor een feest.' Hij tilde zijn hand op en streelde haar wang.

'Je zoent met me, maar vertelt tegelijkertijd dat je niets van me wilt. En het ergste is nog dat ik me in mijn hele leven nog nooit zo onzeker heb gevoeld. Ik, de stoere, avontuurlijke Pieter, die alles durft en voor niemand bang is... Hanna, wat voel je voor me?'

Hanna ontweek zijn blik en bleef strak voor zich uit kijken. 'Het spijt me,' fluisterde ze. 'Het was niet mijn bedoeling.' Ze wist dat ze heel goed moest nadenken over wat ze nu ging zeggen. 'Ik heb je al gezegd dat ik met Jasper...'

Pieter schoof naar achteren, zodat de bank kraakte. 'Dat weet ik, Hanna, maar dat is geen antwoord op mijn vraag.'

Er viel een stilte.

'Weet ik,' fluisterde Hanna. 'Maar ik kan je mijn antwoord niet geven.' Ze trilde. 'Ik kan je alleen vertellen dat ik je een geweldige vriend vind.'

'Meer niet?'

Hanna beet op haar lip. Moest ze Pieter vertellen dat ze

smoorverliefd op hem was? Dat ze aan niets anders dacht? Dat Jasper maar een saaie piet was vergeleken bij hem? Dat ze hem zo graag zou willen zoenen... overal... nu, hier?

'Meer niet,' zei ze zacht. 'Het kan niet.'

'Waarom niet?' drong Pieter aan.

Hanna keek op. 'Maak het nu niet moeilijker dan het al is.'

'Nee, Hanna... jij maakt het jezelf moeilijk. Je komt er nooit achter wat je werkelijk voelt als je je verstand boven alles zet. Ik ken die Jasper niet, maar ook hij zal het je kwalijk nemen als je tegen jezelf liegt.'

Het was alsof Hanna de woorden van Tanja terug hoorde. 'Maar ik kan me toch niet zomaar in jouw armen storten?' riep ze vertwijfeld. 'Zoiets doe je niet.' Ze voelde haar ogen prikken. 'Alsjeblieft, Pieter... Ik denk...'

Nog voor ze haar zin kon afmaken, voelde ze Pieters lippen op haar mond. 'Ssst, niets meer denken nu,' fluisterde hij. 'Voel! En pas daarna vertel je me wat je denkt.'

Zijn armen omklemden haar en met zijn hele lichaam liet hij haar voelen dat ontsnappen onmogelijk was. Zacht kuste hij haar en Hanna kon niets anders doen dan zich overgeven.

Danny en Tanja stonden op de dansvloer en vermaakten zich uitstekend. De diskjockey zette een langzaam nummer in en Danny trok Tanja naar zich toe. 'Valt het mee?' vroeg hij, terwijl hij haar hoofd tegen zijn schouders duwde. Ze schuifelden op de maat van de muziek.

'Honderd procent,' lachte Tanja. 'Het zijn net mensen.' Ze keek op. 'Heb jij je vrienden verteld dat je hiernaartoe ging?'

'Nee, moest dat dan?'

'Niet per se.' Tanja glimlachte. 'Jij en ik zijn eigenlijk heel hypocriet.'

'Hoezo?'

'Nou, we zeggen dat we dat overdreven rijke wereldje

maar niets vinden, en we proberen het krampachtig te bewijzen door ons ertegen af te zetten, maar als puntje bij paaltje komt, voelen we ons hier als een vis in het water. Ik schaam me rot!'

'Nog een champagne, barones?' lachte Danny. Hij pakte een glas van het dienblad dat een ober serveerde en gaf het aan Tanja.

'Dank u wel, baron,' antwoordde Tanja met een kniebuiging.

Een aantal gasten op de dansvloer keek hen verbaasd aan, maar zei niets.

'Zie je nou wel,' siste Tanja. 'Dat bedoel ik nou. Iedereen doet hier alsof.'

'Ik niet,' zei Danny en hij draaide Tanja al dansend naar de hoek van de dansvloer. 'Als ik jou wil kussen, dan doe ik dat gewoon.'

'Hmmm, is dat niet een beetje ongepast voor een baron?'

'Welnee,' fluisterde Danny. 'Hooguit wat ongebruikelijk, maar het personeel houdt zijn mond.'

De muziek vervaagde en Tanja hoorde alleen nog maar het bonzen van haar hart.

Er ontstond wat commotie bij de ingang van de feestzaal. Een aantal gasten verdrong zich voor de deur en hier en daar klonken verbaasde stemmen. Tanja liet Danny los. 'Wat is daar aan de hand?'

Boven de omstanders uit zag ze een warrige bos haar. 'Parrot,' riep ze. 'Parrot is er!' Ze trok Danny met zich mee naar de ingang en duwde wat mensen opzij. Even later had ze haar armen om haar vader heen geslagen.

'Je bent er!' zei ze.

Parrot gaf haar een kus op haar voorhoofd. 'Weten die mensen hier wel dat we zouden komen? Eerst werd er moeilijk gedaan bij de loopplank, en nu moesten we zelfs ons identiteitsbewijs laten zien aan de bewaking.'

'We?' Tanja keek op. En toen zag ze het. 'Mike!'

Ze vloog haar broer om de hals. *What a surprise!*

Tanja gebaarde dat het in orde was. *'They're with us,'* zei ze. *'Ask Johnny.'*

Ze trok Parrot en Mike mee en stelde hen voor aan Danny. 'Dit is Danny... over wie ik verteld heb.'

Wat verlegen gaf Danny Parrot en Mike een hand. 'Aangenaam kennis te maken, meneer,' zei hij tegen Parrot.

Tanja gaf Danny een por. 'Niet zo formeel, baronnetje.' Ze wendde zich tot haar vader. 'Iets drinken?'

'Ja, graag... Waar zijn Hanna en Joan?'

'Geen flauw idee,' zei Tanja toen ze naar de bar liepen. 'Ergens op het schip, denk ik.'

Op dat moment zag ze Hanna de feestzaal binnenkomen. 'O, kijk... daar is Hanna.'

Ze wenkte Hanna en wees op Parrot. Het gezicht van Hanna klaarde op en ze vloog op haar vader af.

'Hey, girl,' zei Parrot toen Hanna zich aan hem vastklampte en haar gezicht in zijn trui verborg. Parrot voelde haar schouders schokken. 'Huil je nu? Rustig maar.' Hij streelde haar haar en keek met een vragende blik naar Tanja, maar die haalde haar schouders op. Ze wist ook niet wat er aan de hand was.

Tanja pakte Hanna's schouder vast. 'Hé, Han... wat is er? Kijk, Mike is er ook.'

Hanna hief haar gezicht. Met haar rode, betraande ogen keek ze naar Mike. 'O, leuk.'

'Je ziet lijkbleek?' zei Tanja bezorgd.

'Ik...' begon Hanna. 'Hij...'

Op dat moment kwam Pieter de dansvloer over gelopen. Hanna liet haar vader los en rende naar Pieter toe. Ze klampte zich aan hem vast. 'Het spijt me. Ik kan niet anders. Toe... niet boos zijn. Je moet me meer tijd geven.'

Pieters ogen stonden onbewogen. 'Wat jij wilt, Hanna,' zei hij zacht. 'Je hebt mijn nummer. Bel maar als je zover bent.'

Zonder iemand nog een blik waardig te keuren, liep hij de zaal uit en verdween naar buiten.

Hanna staarde hem na. Het liefst wilde ze achter hem aan rennen, hem vastgrijpen en nooit meer loslaten. Maar haar lichaam weigerde. Onbeweeglijk bleef ze staan. Ze zag de jongen op wie ze zo gek was, verdwijnen.

Mike kwam naar Hanna toe en begeleidde haar terug naar de anderen. *'What's going on here?'* vroeg hij. *'Did he hurt you?'*

'No, no...' Hanna schudde haar hoofd. Hoe moest ze dit uitleggen? Ze kon het zelf al nauwelijks bevatten.

Parrot sloeg zijn armen om haar heen. 'Jij krijgt eerst iets te drinken,' zei hij. 'En dan ga je ons haarfijn uitleggen wat hier aan de hand is.'

'Maar...' Hanna keek naar de deur waarachter Pieter was verdwenen. Ze kreeg de kans niet om haar zin af te maken. 'Geen gemaar,' zei Parrot. 'Ik geloof dat ik precies op tijd kom.'

Joan gleed behendig uit Johnny's armen en streek haar haren naar achteren. *'No, John,'* zei ze. *'Enough!'*

Johnny's gezicht betrok en hij wilde Joan weer omarmen.

'I said: no!' riep Joan en ze wankelde naar achteren. Dit was niet wat ze wilde. Ze wist het zeker.

'But honey,' probeerde Johnny nog, maar Joan had haar beslissing genomen. Met deze engerd wilde ze absoluut niets meer. Tjonge, wat was hij door de mand gevallen. Weg romantisch gevoel, weg prins op het witte paard! Yek, wat had ze zich goedkoop gevoeld. En zijn voorstel om mee te gaan naar zijn hut, was de druppel geweest.

'If you walk now, you can forget your contract,' hijgde Johnny.

Joan lachte schamper. Ze hoefde zijn contract niet. Stel je voor! Haar zussen hadden gelijk. Ze had zich veel te veel blind gestaard op zijn status. Zijn rijkdom, zijn bekendheid.

Maar in wezen was het maar een miezerig mannetje, dat maar uit was op één ding: meiden versieren. Hoe haalde hij het in zijn hoofd om te denken dat zij met hem... Joan rilde bij de gedachte alleen al.

'*I'm not one of those girls,*' zei ze en haar stem klonk hees. '*I'm better than you'll ever know.*' Ze draaide zich om en liep naar binnen. Trap af, gang door... ze hoorde de muziek van de feestzaal al.

'*Wait!*' Johnny kwam achter haar aan.

Joan versnelde haar pas. Ze vervloekte haar hoge hakken op dit moment.

'*Joan... please?*' Johnny kwam dichterbij.

Met een knal botste Joan tegen de deur op en ze struikelde de feestzaal in. Johnny had haar ingehaald en ving haar op.

'*Let go of me,*' riep ze en ze duwde Johnny van zich af.

Een aantal gasten bekeek het tafereel en hief hun glas. '*Hard to get, Johnny,*' lachte een man die op zijn benen wankelde. Joan ging bijna over haar nek van de dranklucht.

Ze wilde doorlopen, maar Johnny greep haar vast. '*Dance with me, sweety,*' zei hij en zijn ogen stonden vastberaden. Joan besefte dat hij haar niet los zou laten. Ze wilde geen scène trappen. Er zat maar één ding op.

Met een flinke beweging stootte ze haar knie omhoog. Johnny klapte dubbel en liet haar los. Joan deed een stap naar achteren en keek naar het vertrokken gezicht van Johnny. '*That's for guys who don't listen,*' siste ze. '*Don't you ever try this again.*'

Johnny knarsetandde. '*You bitch,*' gromde hij. '*Get off my yacht.*'

Joan glimlachte en draaide zich om. 'Dat bepaal ik zelf wel, jochie,' mompelde ze.

Op dat moment zag ze Parrot en Mike staan.

'Parrot!' riep ze en ze vloog in haar vaders armen.

Terwijl Mike wat argwanend naar Johnny keek, begroette Joan haar vader met een enorme knuffel.

'Geen succes, die Johnny?' vroeg Parrot toen ze hem eindelijk losliet.

Johnny kwam naar hen toe gelopen. *'Hi, Parrot,'* zei hij op koele toon. *'Nice to have you here.'*

Twee bodyguards kwamen dichterbij, maar hij wenkte dat ze op afstand moesten blijven. Parrot knikte de filmster vriendelijk toe. Joan bleef naast haar vader staan. Ze was niet bang voor Johnny, maar ze was wel blij dat Parrot en Mike er waren.

'You,' beet Johnny haar toe en hij richtte zijn wijsvinger op haar. *'Leave this ship immediately.'*

Hij glimlachte. *'She's a bitch, Parrot. We can do better.'*

Parrots gezicht betrok. Hij liet zijn dochter niet uitmaken voor kreng. *'I'm her father, Johnny,'* zei hij.

Johnny leek even van zijn stuk gebracht. *'Her father?'* Hij keek naar Mike. *'Really, Mike?'*

'And I'm her brother, you creep,' beet Mike hem toe.

Parrot draaide zich om en trok Joan met zich mee. 'We gaan,' zei hij. 'Zo te zien heeft Johnny Pedd geen behoefte aan ons gezelschap.'

Joan liep tussen Parrot en Mike in naar de bar waar Hanna, Tanja en Danny het hele tafereel hadden gadegeslagen.

'Wij gaan onze ontmoeting ergens anders vieren,' zei Parrot. 'Gaan jullie mee?'

Johnny was achter hen aan gelopen. *'Hey, Parrot...'*

Parrot draaide zich om.

'She asked for it,' zei Johnny. *'Your daughter played with me. Come on... you know how girls can be.'*

Parrot deed een stap naar voren. *'She's only sixteen,'* siste hij. *'You should have known better.'*

'I didn't know,' stamelde Johnny.

Mike kon zich niet langer inhouden. *'Use your brains, man.'*

Het gezicht van Johnny betrok. Zijn ogen straalden een

onmiskenbare woede uit. *'That bitch...'* Hij wees naar Joan en wilde verder praten, maar Parrot gaf hem de kans niet.

'You're not using my music for your movie, do you hear me? I will break the contract.'

Joan begon langzaam te begrijpen wat er tussen Johnny en haar vader speelde. Parrot had de muziek geschreven voor Johnny's laatste film en nu verbrak hij het contract. Johnny zat zonder muziek.

'You can't do that, man,' riep Johnny boos. *'The premiere is next week.'*

Parrot leek niet echt onder de indruk. *'Than you have a problem,'* zei hij. *'My lawyer will contact yours.'*

Hij duwde zijn dochters naar buiten en Danny en Mike volgden. De bodyguards bij de loopplank lieten hen zonder meer passeren. Een tierende Johnny op het dek deed hen niet omkijken.

Joan en Hanna kropen dicht tegen hun vader aan. Tanja had Danny een hand gegeven. Zwijgend liepen ze naar de boulevard.

Een halfuur later zat het hele gezelschap in de suite van Parrot en Mike. De roomservice had koffie gebracht.

'Zo,' zei Parrot. 'En nu vertellen jullie mij precies wat er gebeurd is.' Zijn stem klonk gejaagd. 'Ik dacht een leuke avond te hebben...' Hij keek Hanna aan. 'Jij eerst.'

Hanna had de beker koffie tussen haar beide handen geklemd en zat met opgetrokken knieën op de bank.

'Wie is Pieter?'

Hanna trilde. Ze zag het woedende gezicht van Pieter weer voor zich.

'Pieter is de jongen van de receptie van ons hotel,' legde Tanja uit. 'Hij en Hanna...' Ze keek haar zus aan. 'Nou ja... ze zijn een paar keer uit geweest.' Ze kwam naast Hanna zitten en sloeg een arm om haar zus heen. 'Pieter heeft ons geholpen met het oplossen van een aantal inbraken bij gasten.'

Ze vertelde wat er tot nog toe gebeurd was. Parrot vertaalde dit in korte zinnen voor Mike.

'Dus Pieter is oké?' zei Parrot. 'En jij vindt hem leuk? Maar Jasper dan?'

Hanna boog haar hoofd. 'Dat is nu juist het probleem.' Ze wachtte even. 'We waren op het dek. Pieter was niet lekker geworden. Hij wilde frisse lucht. We praatten wat en...' Ze wachtte even. '... en we zoenden.' De laatste woorden kwamen er fluisterend uit. 'Ik was helemaal in de war. Hij wilde weten wat ik voor hem voelde.'

Ze keek op. 'Ik kon het gewoon niet zeggen.'

Tanja troostte haar. 'Laat me raden,' zei ze. 'Jasper?'

Hanna knikte. 'Ik heb tijd nodig,' fluisterde ze. 'Dat heb ik Pieter gezegd. Hij zei dat ik hem maar moest bellen als ik eruit was. De rest weten jullie.'

Ze boog haar hoofd. 'Nu ben ik hem zeker kwijt.' Ze balde haar vuisten. 'Waarom kan ik niet gewoon een beslissing nemen?'

'Je bent tenminste eerlijk geweest,' zei Joan. 'Als je nog niet kunt beslissen, dan moet je het ook niet doen. Voor je het weet, kies je verkeerd.'

'Precies,' riep Hanna, die opgelucht leek dat iemand haar begreep. 'Daarom kon ik het niet. Ik wil zeker weten wat juist is.'

'Er zijn dingen die je nooit zeker weet,' mompelde Tanja. 'Soms moet je gewoon kiezen, Hanna, om verder te komen. Anders kiest iets of iemand anders voor je.'

Joan leunde zwijgend achterover. 'Ik was net op tijd met kiezen.' Ze grijnsde. 'Die Johnny zit voorlopig niet prettig.'

'Eigen schuld,' mompelde Tanja.

'Ja, inderdaad,' zei Joan. 'Dat ik me toch heb laten verleiden door zijn mooie praatjes. Stom, stom, stom!' Ze glimlachte. 'Hij is een groot acteur... daar houden we het maar op.'

'Is hij te ver gegaan?' vroeg Parrot bezorgd, terwijl hij naar haar gescheurde jurk keek.

Joan schudde haar hoofd. 'Nee, gelukkig niet. Daar kreeg hij de kans niet voor.' Ze keek haar vader dankbaar aan. 'Bedankt! Maar ik begrijp dat je nu in de problemen zit? Dat platencontract?'

'Dat? O... dat is niets. Hij zoekt maar lekker een andere componist.'

'Maar dat kost je een fortuin.'

Parrot glimlachte. 'Jullie zijn mij veel meer waard!' Hij richtte zich tot Danny. 'Dit is geen alledaagse familie... dat begrijp je ondertussen wel?'

Danny had al die tijd niets gezegd en kon ook nu alleen maar knikken.

'Ik hoop dat jij je wel kunt gedragen?'

'Pap!' Tanja schaamde zich dood. 'Zoiets zeg je niet.'

'Nee, nee,' zei Danny. 'Je vader heeft gelijk.' Hij keek Parrot recht aan. 'Ik kan u verzekeren dat ik niets dan goede bedoelingen heb met uw dochter en ik hoop dat u mij wilt accepteren als haar vriend. Ik zou het prettig vinden om verder met u en uw familie kennis te maken.'

Er viel een stilte. Iedereen was zichtbaar onder de indruk van de prachtige volzin van Danny.

'Goed gedaan, jochie.' Tanja grijnsde. 'Ze zijn om. Je mag blijven.'

In Hanna's broekzak klonk de ringtone van haar mobiel. Ze reageerde niet.

'Moet je niet opnemen?' vroeg Joan.

Hanna kwam overeind en haalde haar mobiel tevoorschijn. Haar gezicht werd spierwit. 'Jasper,' fluisterde ze. 'Nee, niet nu!'

Joan greep de mobiel en nam op. 'Hallo, met Joan... nee, die is er nu even niet... Douchen... Ja, we douchen wat af hier. Kan ik iets doorgeven?' Ze luisterde, terwijl iedereen in de kamer zich stil hield. 'Oké, ik zal het zeggen. Groeten aan iedereen daar.'

Joan hing op.

'Iedereen daar?' vroeg Hanna.

'Jasper is bij jou thuis,' zei Joan. 'Je vader moest dit weekend toch werken? Jasper helpt je moeder. Hij heeft al boodschappen gedaan en straks gaat hij nog even stofzuigen.'

'Die Jasper is een jongen uit duizenden,' lachte Parrot.

'Weet ik,' mompelde Hanna. 'Daarom schaam ik me ook rot. Wat moet ik hem straks vertellen?'

'Niets,' zei Joan.

'Niets?' Hanna schudde haar hoofd. 'Dat kan toch niet? Ik moet...'

'Jij moet helemaal niets. Er is toch niets gebeurd?'

'Maar ik was verliefd op Pieter,' riep Hanna. 'Ik heb met hem gezoend.'

Joan ging naast Hanna zitten. 'Luister,' zei ze. 'Pieter zoende jou... en wat schiet Jasper ermee op als hij het weet? Nou? En bovendien was je niet echt verliefd op die jongen. Je was alleen gecharmeerd van zijn avontuurtjes.' Ze keek naar Danny. 'Zeg jij ook eens wat. Jij bent een jongen.'

'Eh... ik...' Danny aarzelde. 'Ik zou het geloof ik ook niet willen weten,' zei hij toen. 'Tenminste... als het over is en niets te betekenen had.'

'Ik weet het niet,' zei Hanna zacht. 'Ik denk er nog even over na.' Ze wendde zich tot Joan. 'Wilde hij dat ik terugbel?'

'Nee, Jasper gaat straks terug naar Den Haag. Hij belt je morgen. Ik moest je een dikke kus geven.' Joan drukte haar lippen op Hanna's wang. 'Doe je ogen dicht en denk dat dit Jasper is.' Ze gaf Hanna een kus met een smakgeluid.

'Het lijkt er niet op,' lachte Hanna. 'Maar ik doe het ermee. Bedankt!'

'Gaan we nog iets leuks doen samen?' vroeg Tanja, die haar hele avond in het water zag vallen.

'Graag,' zei Parrot. 'Ik had me verheugd op een paar leuke dagen in Monaco met mijn kinderen. Waar hebben jullie zin in?'

'Dansen,' riep Joan.

'Zwemmen,' probeerde Tanja.

'Gezellig ergens wat drinken,' stelde Hanna voor.

'*The beach*,' mengde Mike zich in het gesprek.

'Dat wordt moeilijk,' zei Parrot. 'We willen allemaal iets anders. En ik wil graag ergens heen waar de mensen ons niet herkennen.'

'Ik heb wel een idee,' zei Danny. 'We kunnen naar de strandclub. Daar is nu niemand. Er is muziek, drinken en je kunt er zwemmen.'

Tanja keek verbaasd. 'Dat kun je toch niet maken, man,' zei ze. 'Heb jij een sleutel dan?'

Danny knikte.

'Maar mag dat zomaar van de eigenaar?' Tanja wilde absoluut niet dat Danny zijn baantje kwijt zou raken.

Danny grijnsde. 'Geen probleem... 'Ik ben de eigenaar.'

'Wat?' Tanja liet de woorden even tot haar doordringen, maar toen ontstak ze in woede. 'Jij, gemene leugenaar!' Ze bonkte met haar vuisten op Danny's borstkas.

Danny greep haar polsen. 'Ik ben geen leugenaar, dame.'

'Maar je zei dat je er werkte,' riep Tanja.

'Ja, dat doe ik ook. Mag ik niet in mijn eigen strandclub werken?'

Tanja kalmeerde. Danny had inderdaad nooit gezegd dat hij niet de eigenaar was van de strandclub.

'Maar je zei van de week dat je de kleedkamers nog schoon moest maken?'

'Ja? En? Het is hard werken en schoonmaakpersoneel is duur. Ik doe veel zelf.'

Tanja beet op haar lip. 'Sorry,' stamelde ze. 'Ik trok te snel conclusies, maar je hebt het ook niet echt verteld.' Ze dacht na. 'Heb je nog meer geheimen?'

'Duizenden,' lachte Danny. 'Daar kom je nog wel achter.'

'Op naar de strandclub dan,' riep Parrot.

Het werden twee fantastische dagen. Joan, Hanna en Tanja genoten van de aanwezigheid van Parrot en Mike. Overdag waren ze met zijn vijven. Ze maakten tripjes naar Nice, St.-Tropez en Italië. 's Avonds waren ze bij de strandclub van Danny en vermaakten ze zich op het strand. Ze roosterden vlees en groenten boven een kampvuur, dansten op de muziek die Danny draaide, en ze zwommen in zee. Het leven in Londen en Amsterdam leek verder weg dan ooit.

In het hotel waren de drie zussen niet meer incognito. Nadat Rowen was gearresteerd, kwam er een Nederlandse interim-manager die orde op zaken kwam stellen. Het personeel werd ingelicht en het verhaal deed al snel de ronde: de drie nichtjes van de eigenaar hadden een criminele bende opgerold die gasten van het hotel beroofden. Hanna, Joan en Tanja werden gruwelijk verwend door het personeel en genoten van alle aandacht. Parrot en Mike checkten ook in bij de meiden in het hotel. Iedereen was nu toch al op de hoogte van hun aanwezigheid en het was zo wat makkelijker om de pers te ontlopen. Fotografen en journalisten werden netjes op een afstand gehouden door het personeel.

'Straks in Londen mogen ze je bestoken met vragen,' had Parrot gezegd tegen Tanja. 'Deze dagen zijn van ons.'

Hanna ontweek Pieter zo veel mogelijk. De keren dat ze de hal door liep en Pieter achter de balie zag staan, voelde ze zich ongemakkelijk. Pieter zei niets en wendde zich, zogenaamd druk bezig, van haar af.

Hanna twijfelde nog steeds, maar ze wist ook dat iedere toenadering van haar kant een beslissing zou zijn. Pieter had haar heel duidelijk gemaakt dat hij haar alleen wilde zien als ze voor hem koos. 'Jij bent meer dan een vakantieliefde,' had hij gezegd. 'Mijn gevoelens voor jou gaan verder. Je bent het allermooiste en liefste meisje dat ik ooit ontmoet heb.' De blik in zijn ogen kon Hanna maar niet vergeten.

Om zichzelf te beschermen belde ze Jasper iedere dag. Ze vertelde honderduit over haar dagen met Parrot, Mike en haar zussen. Bij elk woord dat ze uitsprak, leek Pieter even op de achtergrond.

'Je bent veel spraakzamer dan van de week,' had Jasper opgemerkt toen ze hem had verteld hoe ze Rowen in de val hadden gelokt. 'Jammer dat ik er niet bij kon zijn. Ik ben blij dat die jongen van de receptie jullie geholpen heeft. Bedank hem maar namens mij.'

Hanna had de tranen in haar ogen voelen springen. Ze kon het niet opbrengen om Jasper alles te vertellen. Joan had gelijk. Wat had het voor zin? Ze verzweeg haar gevoelens voor Pieter en alles leek als vanouds. Misschien dat ze later... als het zo uitkwam... maar nu niet!

Op de dag van vertrek namen ze afscheid van elkaar. Parrot ging met Mike en Tanja terug naar Londen. Joan en Hanna vlogen naar Amsterdam. Danny bracht hen allen naar het vliegveld.

Joan en Hanna vertrokken als eerste richting Amsterdam. Ze namen uitgebreid afscheid en beloofden elkaar snel weer te zien.

'Jullie komen gauw langs,' riep Tanja toen ze haar zussen in de sluis zag verdwijnen. Ze voelde een brok in haar keel. Danny sloeg een arm om haar heen. 'Je hebt een geweldige familie,' zei hij. 'Daar mag je best trots op zijn.'

Ze liepen achter Parrot en Mike aan naar de andere vertrekhal.

Joan liep met grote passen door de sluis. Hanna aarzelde en bleef bij de ingang staan. Ze staarde door het raam naar de Middellandse Zee. Haar hand gleed in haar broekzak en ze haalde haar mobiel tevoorschijn. Even later staarde ze naar het nummer in haar display. Haar wijsvinger zweefde boven de groene knop. Het was nog niet te laat. Ze kon hem bellen. Gewoon... om afscheid te nemen. Even zijn stem horen. Hij was er vanochtend niet geweest. Een vreemde jongen had achter de receptie gestaan. Ze kon toch gewoon even... NEE!

Ze klapte haar mobiel dicht. Het was niet genoeg. Pieter wilde meer.

Hanna keek de sluis in. Ze had niets meer van zich laten horen. Pieter had zijn conclusie allang getrokken. En misschien was dat wel beter ook.

Terwijl Hanna de sluis in liep, piepte haar mobiel. Gedachteloos opende ze het bericht.

Ik zal je nooit vergeten. Kies met je hart. xxx Pieter

'Ik zal je missen,' zei Danny. Ze stonden in de vertrekhal.

'Ik jou ook.' Tanja gaf Danny een zoen. 'Als ik mijn plaat heb gepromoot, kom ik je opzoeken.'

Danny glimlachte. 'Niets beloven,' zei hij zacht. 'We zien wel. Ik heb een fantastische tijd met jou gehad. Maar we weten allebei dat het leven soms anders loopt dan je zou willen.'

Tanja dacht terug aan gisteravond. Ze hadden oneindig veel gepraat en waren tot de conclusie gekomen dat hun levens op dit moment wel erg verschillend waren.

'Geen huisje-boompje-beestje voor mij,' had Danny gezegd. 'En jij gaat voorlopig genieten van je leven in Londen.' Hij had haar een ring gegeven, zilver met twee kleine blauwe steentjes. 'Jij en ik... voor altijd.'

Tanja sloeg haar armen om Danny heen. 'Je bent mijn eerste echte vriendje en je zit voor altijd in mijn hart.' Ze liet hem de ring zien. 'Die doe ik nooit meer af.'

'Zeg nooit nooit,' zei Danny.

'Tanja!' De stem van Parrot galmde door de hal.

'Ik moet gaan,' fluisterde Tanja. Ze liet Danny los. 'Denk aan mij.' Ze stak haar hand op.

Langzaam liep Tanja achteruit, haar blik gericht op de jongen die haar had veranderd. Ze zou hem nooit vergeten.

'We bellen.' Ze vormde de woorden met haar mond, maar er kwam geen geluid uit.

Danny knikte en gaf haar een kushand.

'Gaat het?' Parrot legde zijn hand op haar schouder en Tanja draaide zich om.

'Ja, *let's go*!'

Zonder om te kijken liep ze de sluis van het vliegtuig in. Er rolde een traan over haar wang die ze snel wegveegde. De ring aan haar vinger kraste in haar huid, maar ze voelde het niet.

Lees ook over de MZZLmeiden:

MZZLmeiden

MZZL
*MEIDEN

Marion van de Coolwijk

Net zo onweerstaanbaar als
4 Vriendinnen, 1 spijkerbroek!

DE FONTEIN

ISBN 978 90 261 3108 0

MZZL
MEIDEN
en de paparazzi

Marion van de Coolwijk

Een fris en sprankelend meidenboek

DE FONTEIN

ISBN 978 90 261 3150 9

MZZL MEIDEN on TOUR

Marion van de Coolwijk

'Om te smullen!' BIBLION over MZZLmeiden

DE FONTEIN

ISBN 978 90 261 3188 2

ISBN 978 90 261 3222 3